Diogenes Taschenbuch 24678

de
te
be

ULRICH BECHER, geboren 1910 in Berlin, studierte Jura und war der einzige Meisterschüler von George Grosz. 1932 erschien sein Debüt *Männer machen Fehler*, das 1933 von den Nationalsozialisten als sogenannte »entartete Literatur« verbrannt wurde. Becher verließ Deutschland, lebte in verschiedenen europäischen Städten und floh 1941 nach Brasilien. Er übersiedelte 1944 nach New York, kehrte 1948 nach Europa zurück und ging 1954 nach Basel, wo auch sein berühmter Roman *Murmeljagd* entstand und er 1990 starb.

Ulrich Becher

# Das Herz des Hais

ROMAN

Mit einem Essay von Eva Menasse

Diogenes

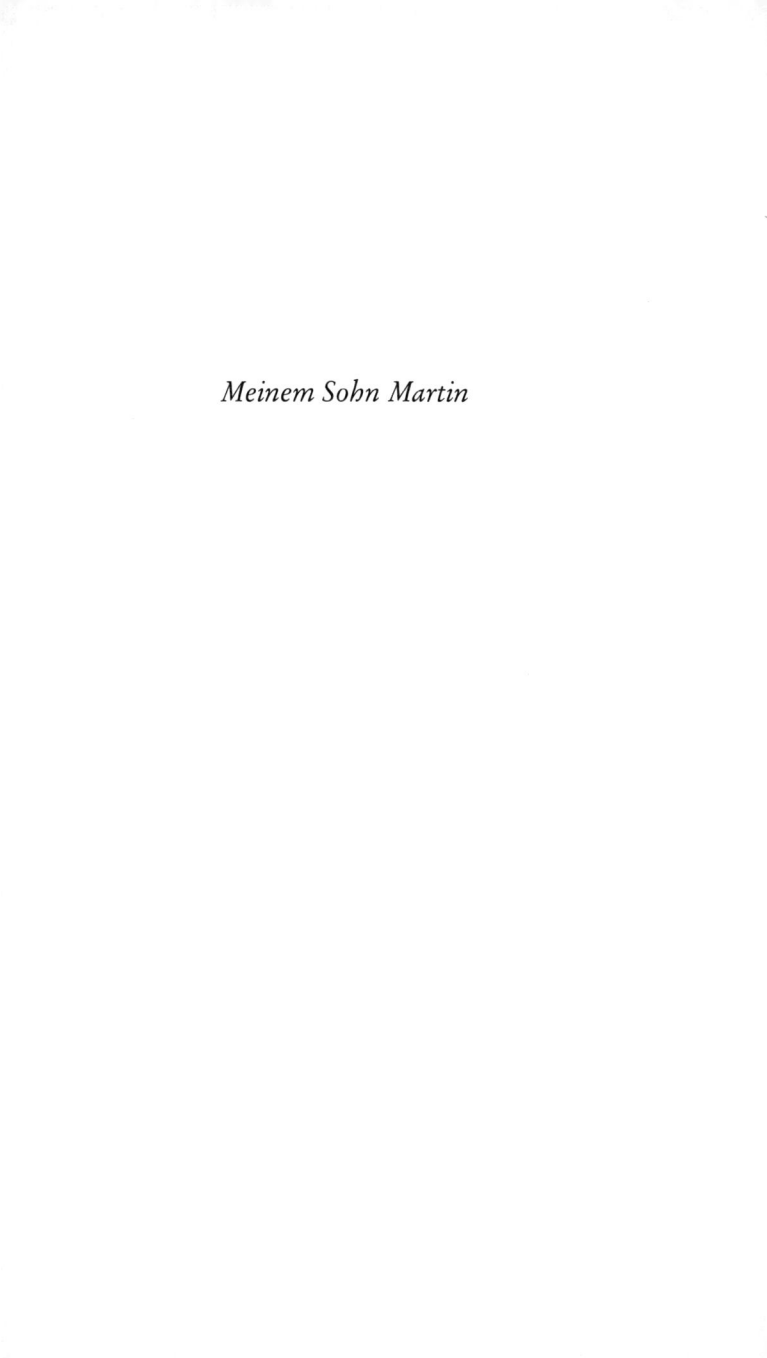

*Meinem Sohn Martin*

# I

In der deutschen Schweiz sind die Frauen sächlich. Nicht deshalb, weil sie zumeist im Diminutiv erwähnt werden (etwa das Fini statt die Josefine). Auch Männer werden im Diminutiv erwähnt (etwa der Heiri statt der Heinrich), doch bleibt ihr Pronomen dabei männlich. Von einer jungen oder jüngeren Frau spricht man als von einem ›Es‹ (während anderwärts im deutschen Sprachraum ›Das Weib‹ veraltet ist, nur noch bei Priestern und Schimpfern im Kurs steht). Von einer Matrone oder Greisin aber sagt man ›sie‹; erst das Altern oder das Alter beehrt man mit dem Attribut der Weiblichkeit. Redet man etwa, selbst ohne den Diminutiv anzuwenden, von einer Madeleine, so ist sie Das Madeleine. In der patriarchalisch-demokratischen neutralen Schweiz ist die blühende Frau ein Neutrum.

Das Lulubé hatte seinen Ruf- und Künstlernamen einer bekannten Kose-Abwandlung von Luise zu danken: Lulu, der es, als es in den Ehestand trat, das Initial ›B‹ seines Familiennamens Brugger anhängte. Es war eine der besten Trommlerinnen von Basel; ja, das war's. Die Stadt am Oberrhein, wo Erasmus von Rotterdam, Hans Holbein d. J., Friedrich Nietzsche und andere merkwürdige Leute als Professoren angestellt waren, ist die Wiege europäischer Trommelkunst. Zweifellos wird auch am Kongo vortrefflich getrommelt. Aber in Basel ist das marschgerechte Trommeln, das alte Landsknechtstrommeln, nach dem zahllose Söldnerheere in getragenem Schritt und Tritt in zahllose abendländische Kriege zogen, vermöge eines aus dem Mittelalter überkommenen Fastnachtsbrauchs sublimiert worden zu einem verrückt-militant tuenden, gleichermaßen ausgelassenen und disziplinierten, großen und großartigen Volksfest, wie es so echt Europa sonst nirgends mehr kennt, einem fabelhaften in des Wortes Sinn, mit archaischen Visionen, optischen wie akustischen, und vielen traumhaften gespenstischen Momenten: der einzige protestantische Karneval auf Erden.

Das Lulubé war die Tochter eines Kleinbasler Fuhrunternehmers, der selber ein großer Trommler vor dem Herrn gewesen war. Gelegentlich einer Fas'-nacht (das ›t‹ wird hier verschluckt) Jahre nach dem Ersten Weltkrieg hatte er, im Suff, Lulus Mutter mit dem Trommelschlegel ein Auge ausgeschlagen. Hätt' er's unterlassen, hätte sich seine Tochter – sie sah als Vierjährige diese an ihrer Mutter ›bei verminderter Zurechnungsfähigkeit verübte schwere Körperverletzung‹ mit an – das kurze Begebnis, das fast dreißig Jahre später auf der abgewrackten Sträflingsinsel Lipari an ihren faszinierten Blicken vorbeispielen sollte, die Geschichte mit dem Herz des Hais nicht so zu Herzen genommen. Nicht so zu Herzen, das Haienherz, nicht so zu Herzen.

Denn Klein Lulus Seele erlitt einen Defekt beim Beobachten der betrunken-fahrlässigen Tat und der Folgen, die sich als seltsam geringfügig offenbarten. Das Vorkommnis wurde als Unfall vertuscht, die Mutter, personifizierte Geduld und Vergebung, ließ sich ein künstliches Auge einsetzen und klemmte eine Brille darüber. Eine sehr zerstreute Frau, seufzte sie gelegentlich: »Ich habe mein Auge verlegt, Lulu, hast du mein Auge gesehn?« So wuchs das Lulu in der kaum bewußten Vorstellung auf, daß Grausamkeiten zur Tagesordnung der Zivilisation gehörten. Der Zweite Weltkrieg – wenngleich Basel einen Grenzpfosten der neutralen Friedensoase vorstellte –, der Hitlerkrieg mit seinen technisierten Ausrottungen wehrloser Menschenmassen, nährte das Trauma des jungen Mädchens. Gleich seiner Umgebung fand es den

Faschismus verabscheuungswürdig. Dennoch unternahm es nach Kriegsende, nachdem es an der Kunstgewerbeschule studiert hatte und eine Studentenehe eingegangen, Lulu B. Turian geworden war, mehrere Studienreisen nach Franco-Spanien und wurde eine Aficionada. Und dann, dann fuhr es eines Septembers mit Angelus Turian, seinem Gatten, zur Abwechslung nach Lipari hinab – steiniges Eiland, auf dem zur Zeit des neuen Imperium Romanum Benito Mussolinis dessen politische Gegner neben gewöhnlichen Verbrechern festgesetzt waren – und sah, ja, sah es schlagen, das Herz …

Angelus Turian war in jedem Betracht ein Gegenstück zu dem Lulubé, mehr: ein wandelnder Gegensatz. In Basler Kunstmalerkreisen wurde er, ungeachtet daß Cherubim den Plural von Cherub darstellt, Der Kerubin genannt. (Ehrenwerte Kreise, die bis zu einem gewissen Grad von der Theorie abhingen, daß das Café Les Deux Magots neben der Kirche Saint-Germain-des-Prés im Sechsten Bezirk von Paris binnen fünfeinhalb Stunden per Leichtschnellzug und Taxi erreichbar sei, während das Exempel verhältnismäßig selten statuiert wurde.) Der Kerubin war kaum so groß wie ›Es‹, womit seine Frau gemeint war. Er hatte einen rosigen Teint und weißlich-rotblondes, ins

Rosafarbene spielendes Haar, das ihm in Simpelfransen in die Stirn fiel und als Vollbart sein wie aus
Marzipan geformtes Gesicht umrahmte. Zudem
trug er stets weiße, lichtblaue oder rosafarbene
Rollkragen-Pullover, winters wollene, sommers
solche aus Zwirn. Der ganze Malersmann strahlte
etwas possierlich Engelhaftes aus oder erinnerte an
ein abendliches Zirruswölkchen.

Zirrus, was vermagst du gegen einen Riesenhai?
Du segelst in Höhen über ihn hin, Zirrocumulus,
aber niemand wird ein Herz in dir vermuten. Haben Engel Herzen? Aber ein Hai hat ein Herz, wie
sich am Ende vom Lied herausstellen sollte, welch
ein Herz …

Angelus Turian hatte ein Herz, ein empfindsa-
mes, leicht betroffenes, weshalb er von den bewußten Kreisen ein wenig über die Schulter angesehn
wurde, eher mitleidig als geringschätzig. In der
›Höhle‹ (der Spitzname von Basels Künstlertreff-
punkt, einem stockbürgerlichen Lokal) pflegte
man zu munkeln: »Der Kerubin ist ein Armer.«
Was nicht auf seine Finanzlage gemünzt war, sondern auf seine Artigkeit. Und: »Wenn er nicht pa-
riert, hängt Es ihn am ausgestreckten Arm zum
Fenster hinaus.«

Wenn das Paar an einem Schönwettersonntag
über die Mittlere Rheinbrücke flanierte, wirkte es

in seiner einfältigen Diskrepanz wie gemalt von einem der französischen ›Primitiven‹, etwa von Bombois – Er: so Rosa in Rosa – Es: so dunkel in dunkel. Das Lulubé hatte große dunkelblaue Augen, die, wenn sie in Trommel- oder Stierkampf-Verzückung geriet, kohlschwarz zu funkeln begannen; ein attraktives schlankes Gesicht mit niedlicher Nase, eine ins Ockergelbliche spielende Hautfarbe und glänzendes pechschwarzes Haar, das im Genick zu einem bombastischen Spanierinnenknoten gewickelt war und gehalten wurde von einem aus Sevilla importierten Flitterkamm. Auch hatte es den Spanierinnen abgeguckt, fast immer in Schwarz zu gehn mit bloßen alabastrigen, einen Deut vollschlanken Armen, die es bei kleinen Festivitäten mit einer ebenfalls importierten Mantilla umhüllte. Des fulminanten Busens wegen, den Es mit Italiens Nationalfilmdiva Nummer 1 gemein hatte, wurde Es von Basels musischen Witzbolden gelegentlich ›Das Lollobri‹ genannt.

In der Tat malte Angelus Turian licht und hübsch und nett und zuweilen rührend einfältig im Stil ›der Primitiven plus etwas Surrealismus‹. Periodenweise versuchte er sich als ›Abstrakter‹ und schuf Gebilde, die wie aus Mehl und zart gefärbtem Badesalz auf die grundierte Leinwand gepappt schienen. Man nannte ihn einen ›anständigen epigonalen Maler, der nicht den großen Schnauf hat‹. Das Lulubé hatte den großen Schnauf. Ein homosexueller Psychopath und snobistischer Hochstapler, der mit Pomp zum Katholizismus übergetreten war, hatte Frau Turian den Floh mit der ›Gnade der Tiere‹ ins Ohr gesetzt. Hatte ihr zugesäuselt, daß es fürs ›seelenlose Tier‹ einzige Gnade bedeute, von Gottes Ebenbild, dem mit der unsterblichen Seele ausgestatteten Menschen, getötet zu werden: zum Behuf einer Mahlzeit oder auch nur zum Vergnügen wie Taubenschießen, Fuchsjagd, Stierkampf. Und Es, das Lulubé, malte mit unheimlich anmutendem ›Schnauf‹ die Tiere im Zustand dieser Todesgnade – eine teils meisterhaft bewältigte Marotte, die den Kerubin, wiewohl er die Frau aufrichtig liebte, im Herzen ekelte. Tiermenschliche Zwitterwesen, stets mit dem gottmenschlichen Töter konfrontiert. Taubenkinder mit Puttenköpfchen, die im Flug die Sonntagsschützen anflehen, gut zu zielen (gelegentlich waren gesprochene Sätze ins Ölgemälde geschrieben wie auf alten ›Marterln‹). Auf Pflastersteine geworfene Fische, die, nach Wasser ringend, die Flossen wie Hände gefaltet, die Fischweiber bitten, auf dem Marktbrett zerstückelt zu werden. Ein gottvoller junger schwarzer Stier, der dem Torero – dieser seinerseits anzusehn wie ein Mammutpapagei – einen treuherzig-dankbaren Augenaufschlag gewährt, weil dieser ihm den Degen in den Nackenwulst jagt, daß das Blut emporspritzt wie eine Fontäne.

Einmal, in der zweiten Hälfte der Fünfzigerjahre – man führte bereits ein Dezennium eine ›harmonische Künstlerehe‹, – hockte man bei unerträglicher Junihitze in der Arena von Pamplona, wo das Lulubé hinbegehrt hatte, nachdem es die Taschenbuchausgabe von Hemingways ›Fiesta‹ gelesen (sechs- bis siebenmal hintereinander; als sie das Buch partienweise auswendig kannte, übergab sie's den von den Abwässern der chemischen Industrie verschmutzten Fluten des Rheins, ließ sich hinfort nicht ausreden, daß Hemingway den Vornamen Ernesto trage). – Während Turian sich umtobt sah von Massenhysterie, gedachte er einiger kürzlich gelesener Sätze aus der Feder des berühmten französischen Schauspielers Barrault:

»Ich sah einen jungen Stier in Barcelona sterben. Das war keine ›mise à mort‹ – er wurde buchstäblich ermordet. Der Degen ragte ihm zum Halse heraus. Man ließ einfach sein Blut auslaufen. Plötzlich steht er unbeweglich. Er blickt alle diese als Papageien verkleideten Männer an und kehrt ihnen den Rücken zu. Nun geht er artig, mit letzter Kraft, langsam der Tür seines Geheges entgegen. Dort stürzt er. Aus. Ich gedenke immer wieder dieser Arena, die vor Zorn schäumte wie ein Heer von tobsüchtigen Irren, vor Zorn über diesen sympathischen Stier, der starb, indem er ihnen den Hintern zukehrte …«

Angelus Turians sanftes Herz erschrak. Jäh hineinverstrickt sah er sich in das Duplikat der unlängst von Jean-Louis Barrault geschilderten Situation. Der haargleiche, schwarzhaargleiche junge Stier stand dort unten im blutmatschigen Sand, stand noch auf seinen kurzen, knabenhaft-stämmigen Beinen, und die Degenklinge ragte, ein rosiges Blitzen in der glühenden Nachmittagssonne, aus seinem Blutströme blubbernden Hals, und er sah die ihn umstehenden Papageienmänner – den Matador mit seiner blutroten Muleta-Fahne, die silbern-orange gekleideten Peónes der Cuadrilla – an, offensichtlich der Reihe nach an. Und Angelus, den Feldstecher in den klebrigen, etwas zitternden Fäusten, erkannte: Es war kein Blick der Dankbarkeit, den das Wesen der bunten Überzahl seiner Folterer und Mörder schenkte, weiß der Teufel nein, sondern der eines sehr jungenhaften maßlosen fürchterlichen Staunens, Staunens darüber, daß man ihm all dies (so kunstvoll ertüftelte) mörderische Leid zugefügt hatte. Und dann ging er fort. Der Gemordete. Dem Gehege zu, das den tunnelartigen Durchlaß des Toril verschloß, durch den er sich kurze Weile zuvor hereingetummelt hatte, kaum Böses ahnend, allein etwas beunruhigt ob all des Volks (er war auf einer menschenarmen Weide zu Hause). Ging fort, einen Blutsturz nach sich ziehend, mit manierlichen, wenn auch schon sterbensmatt wankenden Schrittchen; und die sechs Banderillas, die die Papageienmänner zuvor unterm Getänzel von Balletteusen in seinen Rücken gerammt hatten, kurze Spieße, die sechs tiefe Wunden gestochen, aus denen Blut gequollen war, das seine Flanken schwarzrot lackierte, die sechs Banderillas wippten auf seinem Rücken – so sah es sich schauerlich trügerischerweise an: – beinahe kokett.

»Toro! Toro! Hijo de la gran puta!«

Da brach der sommerlich, teils hochelegant gekleidete Pöbel aus in seinen Wutorkan. Flaschen, Hüte, Brot, Papierbälle wurden in die Arena geschmissen, Kavaliere – auch solche in Offiziersuniform – brüllten, hüpften, fuchtelten, aufgetakelte Damen kreischten wie die Furien. Ungläubig erkannte Turian, daß sich der ›Volkszorn‹ keineswegs gegen den Torero richtete, sondern gegen den Toro, den Stier. Der's gewagt hatte, nicht auf dem Fleck zu verrecken, wie es sich nach all der Marter und nachdem er so stilgerecht vom Degen durchbohrt worden war, schickte. Gegen den Stier, der sich unterfing, noch im Martertod an den Heimtrott zu seiner menschenarmen Weide zu denken.

»Toro, ladrón! Hijo de la gran puta!«

Den gottvollen jungen Stier, Prachtexemplar, in das einst Zeus sich zu verwandeln nicht gezögert hätte, um die Europa hinwegzutragen, den sterbenden Stier schimpften sie, ein unisono-Massengebrüll, das selbst die feinsten Herrschaften ansteckte, schimpften sie ›Schuft‹ und ›Sohn der großen Hure‹. Total unsinnigerweise, dachte Turian verwirrt und erschüttert bei der Vorstellung der kreuzbraven und gewißlich sittenstrengen Kuh, die den Martertodeskandidaten geboren hatte.

»Hörst du, Lulubé? Der steinalte Massenwahnsinn triumphiert«, tuschelte er seiner Frau zu, zunächst ohne sie anzusehen. »Nie wäre die spanische Republik besiegt worden, wenn sie nicht gewagt hätte, den Stierkampf abzuschaffen. In meinen Augen – ich kann mir nicht helfen – eine grausige Metzelei, Metzgerei. Hitler.« Doch im Wut-Orkan verwehte sein Getuschel.

Da stürzte der Gottvolle vor dem rotlackierten Tor, das den Tunnel verschloß, stürzte wie ein Ausgestopftes, das umgestoßen wird, und rührte sich nicht mehr.

»Toro! Abajo! Hijo de la gran puta!«

Turian ließ den Feldstecher sinken, blickte

17

zur Seite und sah, zurückbebend, nun fassungslos, daß Es, auch Es, das Lulubé, den nicht ganz der Etikette gemäß Verendenden gellend lästerte. Daß Ihm schaumige Blasen aus dem schreienden Munde platzten, dessen lila Lippenschminke verschmiert war. Daß sich Sein Haarknoten zu lösen begann, während Es wie im Veitstanz hüpfte und – jetzt – Seinen Florentinerhut in die Arena niederschleuderte wie einen Diskus.

»Heh, Lulubé, bist du von Sinnen?«

Da zuckte seine Frau herum und zischelte ihm mit Augen, die kohlschwarz funkelten, dabei so starr wie das Glasauge ihrer in Duldsamkeit erstarrten Mutter, ein hämisches Scheltwort zu, das in Kleinbasels bescheiden-verrufener Rheingasse beheimatet war:

»Dummes Licht! … Du weinst ja.«

Verstohlen griff er sich ins Gesicht und entdeckte, daß ein paar dicke Tränen in seinen rosa Bart gerollt waren.

## 2

Männer machen Fehler. Des Künstlerehemanns ersten entscheidungsvollen bedeuteten diese Tränen. Seinen zweiten beging Angelus Turian, indem er im vorgerückten Alter von 32 das Trommeln erlernte. Seinen dritten und letzten: die Reise nach Lipari. Doch diese drei Fehler waren nicht zu vermeiden. Sie vollzogen sich gewissermaßen selbständig, ohne einem göttlichen oder menschlichen Willen zu entspringen, wie die Ananke der alten Hellenen, der mit dem Begriff Zufall oder Geschick nicht beizukommen war; die unaufhaltsame Zwangsläufigkeit, die umherschleicht im Labyrinth menschlicher Beziehungen. Wäre einer der beiden Partner des Ehepaares Turian beim Schwimmen im Meer um Lipari in hilfloser Gegenwart des andern von einem Hai zerrissen worden, hätte man von sträflicher Unvorsichtigkeit sprechen können, von einem schlimmen Zufall oder einem tragischen Geschick. Daß jedoch das Herz eines Hais, das Herz allein, das Herz an und für sich – die Versuchung, die unschöne Floskel ›in Reinkultur‹ hinzuzusetzen, drängt sich auf –, das hingelieferte, das verlorene Herz eines Räubers eine solche Macht auf ein Menschenkind auszuüben vermögen würde …

Das verlorene Herz eines mit allen Salzwassern gewaschenen großen Räubers …

Die Baselstädter trommeln von klein auf. Geübt wird das ganze Jahr hindurch: nicht auf der Trommel, sondern auf dem ›Böcklein‹, einem Brett ohne Resonanzboden. Das heilige Kalbfell zu rühren gestattet ist erst von dem das Nahen der Fas'nacht kündenden, das ganze rechtsrheinische Kleinbasel elektrisierenden Augenblick an, da der Wilde Mann den Rhein herabgeflößt kommt. Eines unwinterlich milden Spätvormittags Ende Januar kam er auf einem von vier Stehrudern bewegten Floß, auf das eine Kanone montiert war, unter Böllerschüssen den Strom herabgeglitten; da kam er.

In der weiten Senke zwischen Jura, Schwarzwaldgebirg und Vogesen lagerte Hochnebel. Geklemmt in eine sich auf der Mittleren Rheinbrücke stauende, in Wintermäntel verpackte Menge, sahen die Turians ihn nahen.

Er stand in der Schiffsmitte. Sein Kopf war so groß wie der eines Bisons im falben Sonnenglanz, der durch den Hochnebel geisterte, grüngolden blinkend wie Bronze. Er trug einen ganzen Tannenbaum geschultert, als habe er ihn irgendwo gepflückt wie eine Blume. Hinter ihm stand ein Fähnrich mit der Zunftfahne, ein Trommler in der Rokoko-Uniform der Schweizergarde der Franzosenkönige; im Heck der Kanonier; über den vier Floßecken wippten die Ruderknechte.

Das Lulubé sagte: »Der gefällt mir.«

Es hatte sich, dem Kerubin eine Gasse schaffend, nicht ohne Ellbogen-Stoßkraft zum Brückengeländer durchgeschlängelt. Als das Floß nahe herangeglitten war, beugte Es sich weit über die steinerne Wehr, weiter als die übrigen Gaffer; Turian umfaßte besorgt die schlanke Taille. Der Wilde Mann, kurz bevor er zwischen den Brückenpfeilern verschwand, grüßte die Menge, indem er den Baum schwenkte und das Gesicht hob, ein gewaltiges und doch zu kleines, verglichen dem monströsen Schädel, ein embryonales, verschwommen in der Patina eines eben gehobenen Seeräuberschatzes.

»Wirklich, der gefällt mir.«

Alles drängte zum jenseitigen Brückengeländer hinüber, um zu begaffen, wie der Ankömmling an der Schiffslände des Klingentals empfangen wurde.

»Mir auch«, sagte Angelus, dem das Lulubé wieder einen aussichtsreichen Platz erkämpft hatte.

»Wieso dir auch?«

Die Frage, etwas atemlos, stoßhaft geäußert, begriff Angelus nicht recht. »Eh nun, diese unverändert aus dem Mittelalter überkommene Maske … und damals hinwieder aus vorchristlicher Zeit überkommene, pardon, aus vorgeschichtlicher, ebenso wie die Masken des Vogel Greif und des Löwen dort unten.«

»Löwen gibt's heute auch«, sagte Frau Turian diesmal nebenhin.

»Aber keine Greifsvögel mehr, die, schätze ich, aus der Erinnerung an Dinosaurier –«

»Und wilde Männer auch nicht mehr«, wurde er unterbrochen.

»Pardon?«

»Es gibt heute keinen wilden Mann mehr – wie den.«

Dem Angelus lag auf der Zunge, zu sagen, daß sich unter dessen Maske seines Wissens der Apotheker Gigon aus der Unteren Rebgasse verberge. Er ließ es ungesagt.

Der Wilde Mann sprang auf den Kai, wo ihn der Vogel Greif und der Löwe erwarteten, jeder mit seinem Tambour und seinem Zunftfähnrich nach mittelalterlichem Zeremoniell, und die drei Fabelwesen rückten unter Getrommel auf die Rheinbrücke, wo Stadtpolizisten mit den altmodisch hohen Bobby-Helmen der Londoner Polizei den Verkehr gestoppt und die graue Menge der Gaffer in Wintermänteln hatten Spalier bilden lassen. Und die drei, vornweg die Fahnenträger, hinter sich die Trommler, umgaukelt von den ›Ulis‹, Harlekins, die für Kleinbasels Waisenhaus sammelten, rückten zur Jochkapelle, einem auf der Brückenmitte errichteten kleinen Gotteswachturm, in dessen Verlies kein ewiges Licht brannte, denn die Humanistenstadt gehörte zu den frühen Blüten der Reformation.

Und vor der Jochkapelle, aus dem gleichen rosabraunen Jura-Sandstein errichtet wie das Münster, das, verschwommen im falb durchgoldeten Dunst, vom hohen Großbasler Ufer herübergrüßte (zumal es auf einem Uferhügel thront, ist seinen Türmen die Aura des Grüßens zu eigen), tanzten die drei, jeder ein Solo zum Wirbeln seiner Trommel, zuerst der Fabelmann, dann die beiden Fabeltiere.

»Sauglatt«, preßte das Lulubé ein um das andere Mal hervor, »sauglatt, maximal!« Da tanzte er, der Wilde Mann. Die ›Verse‹, kunstvoll-rabiate Variationen eines Trommelmotivs, die sein Tambour mit dem Rokoko-Dreispitz auf den ›Kübel‹ wirbelte, seine schräg hängende lange Landsknechtstrommel, hatten nichts an sich von Rokoko. Das grollte übern Rhein wie Urwaldtamtam, das Rufen einer afrikanischen Buschtrommel, und der Wilde Mann mit dem Riesenhaupt aus versumpftem Gold, dem bewegungslosen Metallgesicht, schwang den gepflückten Tannenbaum im unheimlich retardierten, heftig akzentuierten Takt. Wälzte sich vorgeduckt um seine Achse in gewaltigen Sprüngen, die die Schwerkraft zu überlisten schienen – daß er nicht fiel, war ein Wunder –, stets geduckt, das Erzgesicht dicht überm Asphalt, fast so, als tanze er waagrecht.

Das Beifallklatschen, Bravorufen der grauen Menge dankte ihm.

»Olé, olé!« kreischte das Lulubé plötzlich, so wie's in der Arena von Pamplona die Stierkämpfer zu bejubeln gelernt hatte. Auch dies kleine Brükkenfest lebt von stark gebliebener Tradition, doch ohne daß Metzelei im Spiel wäre, dachte Turian in der Aufwallung einer mitteleuropäisch temperierten, fast lieblichen Zufriedenheit, die alsbald einen sachten Schock erleiden sollte …

Darauf tanzte der Vogel Greif, und die Verse, die sein Tambour trommelte, hielten einen noch langsameren Takt ein, und der Tänzer, maskiert mit einem hohen, schwarz schillernden Aufsatz, einem kleinen Vogelkopf auf zweimeterlangem Hals – so etwas wie ein überlebensgroßer Vogel Strauß mit einem Kropf –, Gesäß, Beine, Füße in eine Hülle aus orangenem Glanzleder geschnürt, mit langem Schweif und großen Fußkrallen, tanzte betont tapsig auf der Stelle (wobei er sich durch zwei unten in die Hals-Attrappe gebohrte Gucklöcher orientierte), und der unproportioniert kleine Vogelkopf schaukelte dabei hoch oben hin und her. Nach dem Endstreich des Trommlers verbeugte er sich plump, zugleich vorsichtig, gleichsam scheu im Beifallsklatschen, wobei sein geschwänzter Lederhintern nach Großbasel wies – scheu, wie verirrt aus einem anderen Jahrhunderttausend. Dann tanzte der Löwe.

Das war eine weitaus vertrautere Erscheinung. Denn Löwen gibt's noch im Atomzeitalter, da hat Es schon recht, dachte Turian. Der Tambour des Löwen schlug ein viel rascheres Tempo als seine Vorgänger an. Wie die als Gardist der Franzosenkönige uniformiert, wirbelte er ein Allegro hin, das seinem Kostüm angemessener schien, ein Menuett fast, und der Löwe, auf Raubtierhaftigkeit oder Wüstenkönigsallüre keinerlei Wert legend, in Zivil gewiß ein flotter Walzertänzer, hüpfte im Dreivierteltakt, eingenäht in zimtfarbenen Pelz, der keinem Löwen abgezogen war, eher aus gefärbten Angorakatzenfellen zusammengeflickt, eine zottige Larve übergestülpt, die ihn auch als sehr struppigen, mähnigen, bärtigen Naturmenschen, in den die Motten geraten sind, hätte ausweisen können. Hüpfte ganz aufrecht im Halbkreis, eine Pranke graziös erhoben, mit zierlichen Pas, auch er darauf achtend, daß sein Rücken dem Großbasler Ufer zugekehrt bleibe.

Dann trommelten die drei Tambouren unisono, und es tanzten Wilder Mann und Vogel Greif und Löwe selbdritt, und das Bravogeschrei der gritzgrauen, vor der Ausdruckskraft dieser Masken gesichtslos gewordenen Menge flatterte mit dem Flug aufgescheuchter Möwen über den blaßgold vermummten Rhein. Aber das bewegungslose Embryogesicht im gewaltigen Bronzeschädel, der wackelnde Greifschnabel, das urbane Löwenmaul, alle drei Tänzer achteten peinlich darauf, stets dem Kleinbasler Ufer zugewandt zu bleiben: traditionelle Lokalfehde, jahrhundertealtes Schmollen zwischen Klein- und Großbasel war da im Spiel.

»So etwas hätte man heiraten sollen«, hörte Turian Es plötzlich sagen, etwas atemlos und stoßhaft wie immer, wenn das Lulubé in Gemütsbewegung geriet.

»Was? Das Löwentier? Oder den Vogel Greif«, war Angelus zu scherzen bemüht.

»Den Wilden Mann!«

Nun konnte er sich's nicht versagen, trocken zu spaßen: »Ah, den. Wenn du's wünschst, mach ich dich mit ihm bekannt, es ist der Apotheker Gigon aus der Unteren Reb–«

»Kerubin! Du verstehst mich nicht«, kreischte Es gepreßt ins Beifallsjohlen. »Wenn du mich eines Tages nicht mehr siehst, dann weißt du's.«

»Was?«

»Daß ich dir durchgebrannt bin mit einem wilden Mann, der zu Schiff aus Vineta kam.«

»Es schwelgt in seiner Künstlerphantasie«, sagte er begütigend, als die Menge sich auseinanderwälzte. Doch verspürte er flüchtige Schluckbeschwerden.

Ach, die jahrhundertealte Schmollerei zwischen dem östlichen Klein-, dem westlichen Großbasel. ›Ost-West-Konflikt, den wir schon immer gehabt haben.‹ Nun war es so, daß Angelus Turian dem zu bescheidenem Wohlstand ›verarmten‹ Zweig einer Großbasler ›Geldpatrizier‹-Familie entsprossen war, jener kastenbewußt gebliebenen Bürger- und Händleraristokratie, die heute die eine Art Monopolstellung behauptende chemische Industrie der Stadt lenkt, ›D'Albanesen‹ genannt nach der St. Albanvorstadt, in der dieser Geschäftsadel nach wie vor residiert: während das Lulubé einer Kleinbasler Kleinbürgerfamilie entstammte, die sich von Fuhrknechten zu Teilhabern einer Möbeltransportfirma emporgerackert hatte. – Nachdem in Pamplona dem Kerubin unversehens einige Tränen in den rosigen Bart gesickert waren, trachtete er die Scharte auszuwetzen. Er trat der ›Guten Meinung‹ bei, einer von einem Halbhundert Cliquen, in der das Lulubé längst als Trommelgenie verehrt wurde. Zwei Jahre lang übte er abends im Cliquenlokal am ›Böcklein‹. Dann ward er zum erstenmal für würdig befunden, den ›Morgenstreich‹ mitzutrommeln. Und da geschah es denn, daß ihm zu Beginn der schemenhaften Parade auf den verlarvten Kopf zugesagt wurde, er könne nicht; für einen Mann fast immer ein unliebsamer Vorwurf.

Der Cavaliere Casanova de Seingalt hatte, nach einem Besuch in Basel um 1762, notiert: »Die Basler scheinen mir alle an einer Art Verrücktheit zu leiden. Es wird daraus auch gar kein Hehl gemacht. Mir wurde erzählt, daß sie, soweit sie vermögend sind – und es gibt dort viele vermögende Bürger –, sommers ein Bad nahe dem unfernen Müllheim aufsuchen, wo sie von ihren seltsamen Anwandlungen genesen. Nach Basel zurückgekehrt, fangen sie indes alsbald wieder zu spinnen an.« F. Nietzsche, der ein Jahrhundert später in Basel als Philologie-Professor amtierte, erwähnte das ›Selbstmörderklima‹, dem die Stadt am Strom zeitweilig ausgesetzt sei. (Angelus' Urgroßmutter, eine ›D'Albanesin‹, hatte den Professor Nietzsche gekannt. Einmal von ihrem Urenkel befragt, ob sie eine besondere Erinnerung an den Dichter-Philosophen bewahrt habe, hatte die fast Neunzigjährige lange reglos nachgesonnen und darauf nur dies gemeldet: ›Er war ein miserabler Tänzer.‹) – Wie nah bekanntlich Genie und Irrsinn beieinanderwohnen, hat Nietzsches Leben bewiesen. Im ›Morgenstreich‹, mit dem fünf Tage und vier Stunden nach dem Verrauschen des katholischen Karnevals der Welt einziger protestantischer beginnt, lassen die Basler, die sich das Jahr über stockzivil gaben, ihrer Sparte genialischer Verrücktheit zwar nicht freien Lauf: vielmehr exerzieren sie ihn im gleichen Schritt und Tritt.

Nacht; noch kein Dämmerhauch. Regnichte lichtlose Frühe, durch die der Rhein sich schemenhaft wälzt wie Hellas' Totenfluß Acheron. Kurz vor vier sind alle Lichter erloschen. Da brennt keine Straßenlaterne; alle Fenster verdunkelt.

Ringsum in der Stadt sind sie angetreten vor ihren Cliquenlokalen, in Reih und Glied, vom Bauch der Trommler baumelt quer der ›Kübel‹, die lange Landsknechtstrommel. Irrlichternder Schein kleiner Kopflampen, wie Bergleute sie tragen, und bunter ›Steckenlaternen‹ huscht über die Gespensterkompanien hin, während Sänftenträger Riesenlaternen schultern gleich erleuchteten Hütten aus buntbemaltem Glas. Morgen werden sie in uniformen Masken durch die Stadt marschieren, wie das neue ›Sujet‹ jeder Clique es befiehlt. Zum Morgenstreich aber trägt man ›Charivari‹, trägt jeder, was er will, eine Larve vom Vorjahr oder sonstige Vermummung, und die Pfeifer halten die Pikkolo-Querpfeifen bereit, und den Trommlern baumelt der schweigende Kübel vom Bauch. Vorn der Pfeiferzug, dann der Tambourmajor, dann der Trommlerzug, so warten sie auf das Marschsignal, den Schlag der vollendeten vierten Stunde. Gedämpfte knappe Gespräche, dumpf unter mächtigen Larven, Dämonenfratzen, ins Kolossale geschwollene Elsässer-Bauernnasen, Fötusgesichter, Männer in Weibs-, Mädchen in Mannslarven, Tiermäuler, Wechselbälge …

Die Aktiven der ›Guten Meinung‹ warteten in Reih und Glied vor dem Cliquenlokal. Das Lulubé trug ein gewaltiges, violett schillerndes Eberhaupt, bestückt mit einem ausgedienten elsässischen Feuerwehrhelm. Angelus, daneben postiert, war verlarvt in eine gleichermaßen überwirkliche Weinsäuferfratze, auf deren – mittels einer Taschenlampe durchleuchteten – Burgundernase ein zweites Gesicht gewachsen war: das süße Antlitzchen eines Botticelli-Engels.

In der Sekunde, da vom Turm der nahen Martinskirche hernieder der vierte Glockenschlag verklang, intensiv nachzitternd in der feuchten Lichtlosigkeit, kommandierte die feste Stimme des Tambourmajors: »Den Morgenstreich! Vorwärts! Marsch!«

Im ganzen Stadtinnern hob zur selben Sekunde das Pfeifen und Trommeln an, daß es hohl durch die alten Gassen fistelte und knatterte. Durch die Gassen, in denen noch ein Stück jenes verschollenen Deutschlands fortlebte, das im Reich Deutscher Nation, im Reich der unentwegten Kriege pulverisiert worden war. Nachdem sie den Morgenstreich zweimal auf der Stelle gepfiffen, getrommelt hatten, setzten sich sämtliche Cliquen gleicherzeit in Marsch, um im bedrohlich langsamen, getragenen Gleichschritt zum gemeinsamen Ziel der Schemenparade vorzurücken, zum Marktplatz.

Auf dem Rheinsprung geriet die ›Gute Meinung‹ in eine Stockung. Unten, über die Rheinbrücke, schaukelten die Riesenlaternen überm Troß der Schimären. Das Turian-Paar trommelte Schulter an Schulter, eine Welle im Meer des Massengetrommels.

Plötzlich hörte der Eber-mit-dem-Feuerwehrhelm zu trommeln auf, fuhr sich unter die Larve.

»Was ist, Lulubé?« raunte Turian unter der seinen hervor.

»Ich weine«, drang's als stoßhaftes Schluchzen aus dem Eberhaupt.

»Du weinst?« Wegen einer Kindheitserinnerung, fiel Turian jäh ein; wegen der Erinnerung an die Fasnacht, in der Lulus bezechter Vater der Mutter mit dem Trommelschlegel ein Auge ausschlug …

»Viele weinen unter ihren Larven beim Morgenstreich. Wußtest du das nicht?«

»Nein.«

»Vor Glück«, drang es selig verschnupft aus dem Eberhaupt. Nach dem Endstreich eines weiteren Verses kam die Frage: »Weinst du, Kerubin?«

»Ich?« Unter Turians überwirklicher Weinsäuferfratze erstickte ein Kichern. »So schön es ist – weinen? Ich denke nicht dran.«

»In Pamplona hast du daran gedacht!« zischte der Eber auf die Gefahr hin, wegen des kommentwidrigen Gesprächs von dem zuhinterst linksaußen marschierenden Trommelchef angefahren zu werden.

Angelus schwieg und trommelte, nun mit großer Aufmerksamkeit darauf konzentriert, die oft schwierigen Vers-Variationen zu bewältigen. So rückte die ›Gute Meinung‹ bis zum Marktplatz vor. Plötzlich befiel ihn die Vorstellung, es werde alle über den Markt tosende, aufundabschwellende

Brandung des Durcheinander-Tamtams gelenkt von der Leitwoge *eines* Trommelns.

Dem seiner Frau.

Sie hatten soeben den berühmten Arabi-Marsch beendet. Wieder zischelte es aus dem Eberhaupt, stoßhaft, doch überdeutlich für Turians Ohr:

»Du kannst nicht trommeln! Wärst du aus Kleinbasel, könntest du's vielleicht. Aber du bist ja nicht einmal aus der Alban-Vorstadt. Woher bist du eigentlich, Kerubin? Bist du überhaupt von dieser Welt? Oder bist du ein Engel – wie der, der auf deiner Weinsäufernase lächelt?«

Angelus war bemüht, den Dialog, der ihn mit eins, ja, gefährlich deuchte, abzubiegen. Ein Fasnachtsbrauch: das ›Intrigieren‹; unter der Larve hervor foppt man die andern mit verstellter Stimme.

»Mein bester Wildsaukeiler«, quiekte er mit einer Fistelstimme, »auch Engel können musizieren.«

»Vielleicht Harfe«, fauchte der Eber. »Trommel nie! Wer kann, kann; wer nicht kann, kann nicht!«

Im Frühherbst desselben Jahrs reiste das Paar nach Lipari hinab.

# 3

Sind Sie ebenfalls Hinterbliebene?« fragte der Engländer ganz unvermittelt von Tischchen zu Tischchen.

»Wir?«

»Sie – wenn Sie die Frage verzeihen wollen.«

»Hinterbliebene? Wie meinen Sie das, bitte?« entgegnete Turian höflich. (Als städtischer Schweizer war man polyglott, konversierte in drei bis vier Sprachen.)

Sie saßen spätnachmittags beim Aperitif auf der von schmucklosen Säulen geteilten Terrasse der Trattoria al M. Rosa zu dritt an zwei wackligen Tischchen unter einer Art Strohmarkise, mit doppeltem Ausblick aufs Mittelmeer. Dem einen am monumentalen Stamm einer vereinzelten mächtigen Bagdadpinie vorbei auf die flachen Dächer und ein Stück Mole von Marina Lunga di Lipari nieder; dem zweiten nordostwärts zwischen den Hängen der Inselberge Monte Rosa und Sant'Angelo hindurch. Der Engländer, anscheinend wenig älter als die Turians, ein noch junger Mann, leerte sein drittes Glas Campari-Soda und bestellte ein weiteres, indem er durch eine mit Schnüren aus bunten Blechperlen verhängte Tür: »Un altro, padrone!« hineinrief, und blickte durch seine obsidianschwarze Sonnenbrille, die ihm etwas Wesen- und Ausdrucksloses verlieh, hinüber zum Castello, das Marina Lunga gegen Süden abschloß. Ein massiver Bau, thronend auf Felsen, die steil ins Meer abfielen. Langsam wandte der Unbekannte den Blick nach Nordosten, auf den Ausschnitt des im Abendwerden irisierenden Meers, hin zum gleichschenkligen Dreieck, das obsidianschwarz aus dem Horizont zackte. Aus der Spitze stieß eine – in der Entfernung haardünne – Rauchsäule senkrecht ins neapelgelbe Firmament empor, um merkwürdigerweise in rechtem Winkel abzubiegen: wie eine Rauchfahne, von Kleinkinderhand gemalt.

»Stromboli«, murmelte der Campari-Trinker. »So you are not visiting Lipari as survivors in mourning?«

»No«, sagte Turian höflich befremdet. »Why should we? Weshalb sollten wir Lipari als trauernde Hinterbliebene besuchen?«

»Sorry«, sagte der Engländer, nippte am himbeerfarbenen Aperitif. »Ich selber kam gestern von Pantelleria herüber als – sagen wir – hartnäckig trauernder Hinterbliebener. My father, you know. Er ist hier vor etlichen Jahren getötet worden.«

»Hier auf der Insel?« fragte Turian sanft.

»Yes, sir. Von den Haifischen geschnappt. Von Menschenhaien.«

Das Lulubé machte große, ins Schwarze spielende Augen, griff zum erstenmal in die Unterhaltung ein: »Gibt es hier Haifische?«

»Sorry, madam. Keine Ahnung.« Der Engländer leerte sein Glas.

Turian: »Verzeihung, Sie sagten doch eben …«

»Ich sagte, es gab welche. Damals.«

»Daß es in der Adria Haie gibt, ist bekannt«, machte Frau Turian Konversation. »Aber im Mittelmeer – das wußte ich nicht.«

»Mein Vater wußte es. Aber es half ihm nichts. Pagare, per favore!« Er zahlte, murmelte im Wegschlendern: »Hope to see you later.«


»Ich glaube, er ist ein bißchen betrunken«, lächelte Turian in seinen Bart.

»Ich glaube, ich war ein bißchen betrunken«, lächelte der Engländer, als er sich nächsten Nachmittags vor der Trattoria al M. Rosa zu den Turians gesellte. »Ich meine, als ich Ihnen gestern was von Haifischen fabulierte. This fabulous shark-story.«

Er lächelte ausdruckslos (die Sonnenbrille); dann

schrumpfte dies Lächeln, bis sein Gesicht wie glasverziertes Leder wirkte, wie ein Stück mexikanischer Sattel:

»An utterly foolish joke; a rather sad one, as I may add. My father was killed over there in this blasted Castello.«

Das Castello sei in Mussolinis Tagen Strafkolonie gewesen – für Gegner des Regimes. Das habe Es bei Malaparte gelesen, bemerkte das Lulubé.

Wie nett, entgegnete der Unbekannte.

Sein Vater sei hier gefangengesetzt worden. (Wie jener als Engländer in die Lage geraten war, ließ der Sohn ebenso unerwähnt wie den Zeitpunkt: ob vorm oder im Krieg.) Nach Marschall Badoglios Frontwechsel zu den Alliierten hin seien im Castello Faschisten – »italienische und deutsche« – festgesetzt worden; vor einiger Zeit sei das Lager aufgelassen worden, und nun würden im Kastell Ausgrabungen veranstaltet. Sein Beruf: Ausgrabungen. Doch sei er an diesen hier bloß als Hospitant beteiligt. Er sei derzeit als Archäologe drüben auf der – zur sizilianischen Provinz Trapani gehörigen – Insel Pantelleria tätig, habe sich ein paar Tage Urlaub genommen und Lipari angesegelt, wie er sich ausdrückte, um sich den verwünschten Bau anzusehn, darin sein Vater sein letztes Leben gefristet. Weil die Insel ihrer jüngsten Vergangenheit wegen noch ›etwas in Verruf‹ sei und noch nicht von der neuen, zur Abwechslung friedlichen Germanen-Invasion überlaufen, habe er gewähnt, das Paar sei womöglich gleich ihm hier auf der ›Suche nach einem Toten‹. Man möge seinen Irrtum entschuldigen. Übrigens errate er aus dem Akzent des sehr nett englisch sprechenden Paars, daß es aus der Schweiz sei.

»That's right«, bekannte Frau Turian nebenhin.

»Aber Sie sehn aus, madam«, sagte der hinter der schwarzen Brille Verborgene (seine Unpersönlichkeit wirkte in der Tat, als verberge sich der ganze Mann hinter schwarzem Glas), »wie eine echte Spanierin.«

Solches hörte das Lulubé nicht ungern. »Also ist Ihr armer Vater gar nicht von Haifischen getötet worden?«

»Ja und nein.«

»Wissen Sie, wie er umkam?« fragte Es interessiert.

»Er kam nicht um.«

Turian: »Sie sagten doch …«

»Er wurde um-ge-bracht«, dozierte der von Pantelleria Hergesegelte unpersönlich, aber dezidiert. »Soviel hat der britische Geheimdienst herausbekommen. Er unternahm einen Fluchtversuch. You know, er sprang von jenem verwünschten Felsen dort ins Meer. Er war ein glänzender Sportschwimmer, mein Vater, wie Lord Byron. Padrone, un altro Campari-Soda!«

»Und?« fragte das Lulubé mit großgemachten Augen, deren Iris wiederum ins Schwarze zu spielen begann.

Nachdem der sizilianische Kneipwirt ihm einen weiteren Aperitif serviert hatte, sagte der ›Engländer hinter Glas‹: »Vaters Sprung glückte. Aber er kam nicht weit.«

»Sie schossen auf ihn?« fragte Es mit gestautem Atem. (Diese Neugier nach dem ›Gefahrenmoment‹, Neugierde, die den Atem verschlägt, gehörte sehr zu Frau Turians Natur.)

»Nein. Nein. Nein, madam. Sie holten Vater mit einem Motorboot ein. Schleppten ihn ins Kastell zurück. Und bestraften ihn. Indem sie ihn umlegten.« Ja, hier befleißigte der Dozierende sich unvermittelt einer rohen Floskel: »By bumping him off.«

Er nahm die Sonnenbrille ab und war, indes er sie einsteckte, plötzlich da in Person: ein imposant aussehender junger Mann, brünettes Haar auf dem Langschädel gescheitelt, mit breiter steiler Stirn, unter der die grauen Augen in seltsam rechteckigen Höhlen ruhten, das braungebrannte Gesicht mit der feingeschnittenen Nase merkwürdig niedrig wirkte. In seinem verwittert hellbraunen, eher schwefelgelben Leinenanzug wirkte er, ungleich dem englischen Prototyp, eigentümlich vulkanisch und zugleich lebendig. Ja, wie ein Vulkan, der sich – im Gegensatz zu dem im Nordosten aus dem Meer zackenden, unentwegt tätigen Stromboli – ›zivilisiert‹ gibt, jedoch keineswegs erloschen ist. Oder bewirkte dieser gleichsam Ruhe sprühende Blick solchen Eindruck? Neben diesem Erdmann mutete Angelus Turian noch rosiger, noch zirrushafter, entrückter an.

»Wissen Sie, was Obsidian ist?« fragte der Fremde, mit kleinem steinernem und dennoch lebendigem Lächeln dem Lulubé in die Augen blickend.

»Lavastein«, wußte Turian nett Bescheid.

»Exactly. Schwarzviolett-durchsichtiger Lavastein, mit dem der ganze liparische Archipel untermauert ist, eh-rr, die Äolsinseln, wie sie schon im Altertum genannt wurden. Genau von der Farbe sind Ihre Augen, Mrs. –«

»– Turian«, stellte Angelus vor.

Der Engländer murmelte einen Namen, erhob sich, zahlte im Abgang: »Sie gestatten, daß ich Sie einlade. See you later.«

Er schlenderte an der Bagdadpinie vorüber, ein ziemlich großer breitschultrig-schlanker Mann von guter Haltung, mit auffallend langen Armen jedoch, die er im Schlendern kaum schlenkerte, vielmehr etwas vornüberhängen ließ, mit leicht ziehenden Schritten.

»W-i-e heißt er?« zischelte das Lulubé.

»Cromagnon, soviel ich verstanden habe.«

»Cromagnon?«

»So ähnlich. Er wird anders heißen.«

»Wieso nicht Cromagnon, Kerubin?«

Angelus grinste zart. »So wurde das Skelett eines Neanthropos benannt«, wußte er, der Basels Humanistisches Gymnasium besucht hatte, nett Bescheid, »das in einer Höhle der Dordogne aufgefunden wurde. Cro-Magnon ist ein Höhlenmensch, fünfundzwanzig- bis vierzigtausend Jahre alt.«

Daraufhin prusteten, kicherten, lachten beide Turians wie Kinder.

# 4

Unruhvolle erste Inselnächte.

Eines der letzten und höchstgelegenen Anwesen des Städtchens Lipari war die Trattoria al M. Rosa, benannt nach einem fünfhundert Meter hohen Felsberglein, das mit dem höchsten Gebirge der Schweizer Alpen nur den Namen gemein hatte. Durch den Sattel, der von ihm zum wenig höheren, mit graugrünen Opuntienkakteen gespickten Monte Sant'Angelo führte, zog sich die Straße nach den Bimssteinwerken von Canneto. Das Wirtshaus zum Rosaberg war in jenem spezifisch äolischen Baustil errichtet, den Angelus auf den ersten Blick als ›Angewandten Kubismus‹ definierte. Drei kubische Häuser, die einen – den beiden Meerblicken abgekehrten – Hof bildeten, die Wirtschaft selbst pompejirot getüncht, das mittlere, in dem die Turians zwei pissoirähnliche kahle Kammern nebst einer Kochnische bewohnten, azurblau, das dritte weiß. ›Fließendes Wasser‹ fand sich wenig auf dieser Sträflingsinsel im Ruhestand: die Dachflächen der Kuben waren von Leisten ummauert, zwischen denen sich das Regenwasser sammelte, um nach einem in Homers Tagen erfundenen System von Löchern und Rinnen der Zisterne im Hof zuzufließen. Nicht minder alt die besondere Art des insularen Terrassenbaus: drei dicke Säulen, Querbalken tragend, mit Schilf oder Bambus gedeckt. Unter solchem Sonnendach hätten, bemerkte Angelus, sich gewiß schon Odysseus' Gefährten gerekelt, als sie, allzu lang bei Madame Kirke zu Gast, sich schweinemäßig zu benehmen anfingen. »Gute zwanzigtausend Jahre nach Herrn Cro-Magnon war, dafür sprechen viele Indizien, Herr Odysseus hier zu Besuch – nach seiner Abreise von Hissarlik.«

»Hissarlik?«

»Ei ja, Schliemann hat doch dort, wo heut das Türkenkaff Hissarlik steht, Troja ausgegraben. Darüber könnte dieser Mister Cromagnon dir bessere Auskunft geben als ich.«

»Vielleicht fragen wir ihn das nächstemal.«

»Du meinst, daß er nochmal vorbeikommt?«

»Er sagte auf Wiedersehn.«

»Das, Lulubé, sagt bei einem Engländer nichts.«

Die Türläden der Turian-Kammern öffneten sich auf eine hofwärts gelegene Dreisäulenhalle, auf der ständig Katzen mit Fischresten unterwegs waren. Elementarerer Lärm als jener, der ungeachtet der

Einfahrtsschilder ›Zona di silenzio‹ Italiens Städte bis nach Mitternacht durchscholl, erfüllte die ersten Nächte. (Alsbald gewöhnte man sich daran.) Statt des Trommelfeuers aus Motorrollern, Radio- und Televisionskästen zirpten Zikaden, im mächtig weitgespannten Schirm jener vereinzelt auf dem Vorplatz ragenden Bagdadpinie stationiert, schrill bis lange nach Sonnenuntergang. Lange vor Sonnenaufgang schwoll aus den Vorstadtgehöften hundertfaches Hähnekrähn zu einem lästig muntern Unisono. In der Zwischenspanne durchheulten Hunde die mondlose Nacht. Ein merkwürdig unstetes, verlorenes Gejaul und Gekläff, einmal nah, einmal fern; nicht wie Hofhunde, die von ihren Standorten aus nächtliche Bellduelle austragen, vielmehr ein asthmatisches Chorkläffen, das gleichsam ›umging‹. So, als strichen schlaflose Rudel geprügelter Köter über die Insel, um nachts ihrer Empörung Luft zu machen über die üble Behandlung, die sie tags ohne Mucks ertrugen.

In den Pausen des Geheuls wurde den Neuankömmlingen aus Tiefen und Weiten ein andres Nachtgeräusch zugetragen, etwas wie trughaftes Okarinaflöten. Ein Tönen aus dem Meer?

»Vielleicht die Sphärenmusik des Pythagoras, der hier in der Nähe«, wußte Angelus einmal mehr Bescheid, »seine Schule leitete.«

Der sizilianische Padrone, Domenico Aprile mit Namen, der Wirt, nach dem ätherischen Getön befragt, hob die Achseln, als verstände er nicht recht (obgleich die Turians, zumal Es, nach mannigfachen Studienfahrten ins Tessin, italienisch unbefangen drauflosparlierten). Er sagte: »Wenn Sie sich umtun wollen auf den Isole Eolie, auf unsren Windinseln, fahren Sie mit einem Motoveliere zum Eiland Vulcano hinüber, auf dem ein manierlicher Vulkan zu finden ist, einer außer Betrieb, wenn er auch noch ein klein bißchen qualmt; nach Salina oder Panarea. Unter gar keinen Umständen nach Stromboli.«

»Wieso nicht dorthin?« fragte Frau Turian.

Weil's dort nichts zu sehn gäbe als Lava und Asche, kein Ausflugsziel »per una bella coppia«.

»Und das hübsche Ehepaar, das dort einen Film gedreht hat?«

»Rossellini und Bergman? Kenne ich sehr gut! Sah sie vor mir sitzen wie jetzt Sie. Questa bella coppia dampfte nach Stromboli, und was wurde draus? Geschieden! Geschieden! Geschieden!« Bei jedem ›Divorziata!‹ warf Aprile, ein schwammiger Fünfziger im Polohemd, mit über die Glatze gebügelten ›Sardellen‹, die tätowierten, im Vergleich zu seinem Spaghetti-Esserbauch merkwürdig hageren Arme in die Luft. Wiewohl er überzeugt war, mit diesem Argument gesiegt zu haben, das Lulubé ließ sich so leicht nicht abspeisen. Als gewiegte Alpinistin (und Skifahrerin) bekundete Es Interesse an der Besteigung des Stromboli-Vulkans. Das war dem Padrone zuviel, er bekreuzigte sich ebenso flüchtig wie geübt: »Signora! Sie haben es nicht mit dem Vesuv zu tun – il Stromboli è sempre in ebollizione! Kocht über, fortwährend! Sie sehn ja …«

Aprile wies mit aufwärtsgedrehten Handflächen, beschwörendem Fuchteln nach Nordosten, dorthin, wo der dunkle Zacken mit der gewinkelten Rauchfahne aus dem im Morgen gleißenden Meer ragte:

»Ich bin kein Feigling, sondern Sizilianer! Habe im Kampf mit der Maffia einen Messerstich in un certo posticino, ich bin bereit, Ihnen die Narbe zu zeigen …«

Mit einem zarten Grinsen winkte Angelus ab. Man bestieg einen Motoveliere. An Deck lungerten zwei Dutzend trotz umgehängter Karabiner unbewaffnet wirkende kleine Soldaten in sumpffarbenen Uniformen, mit sehr flachen Schirmkappen, lehnten, wippten; keiner saß. Man ging auf Vulcano an Land, und Es erklärte: »Das ist meine Insel«, und Angelus fragte, weshalb.

»Die dunkelviolette Grundierung. Obsidian, wie er meine Augenfarbe nannte, dieser Mister

Cromagnon …« Beide lachten. »Und das tolle Grau darüber, das höher in Schwefelgelb übergeht – da, der Vulkan-Außer-Betrieb, wie dieser Aprile ihn nannte. Pyramide aus Bimsstein und Schwefel. Eine neue Farbmischung, mit der ich arbeiten könnte. Und die vielen Höhlen hier herum …«

»Was hast du von denen?« fragte Angelus sachlich.

»Ich weiß nicht«, murmelte das Lulubé sinnend. ›Der Interne‹, ein Kleindampfer, der durchaus nicht täglich zwischen den Windinseln verkehrte, trug sie nach Panarea hinüber, mehr als zwei Stunden lang. Wieder lungerte Militär an Deck. »Einmal Kastell, immer Kastell«, sagte Angelus. »Auf einer der Äolsinseln muß ein Militärstützpunkt sein.« Sie entdeckten zwei Purzelbäume schlagende Delphine und nahmen an Bord einen Imbiß ein und gingen auf Panarea an Land.

»Und das ist deine Insel.«

»Weshalb?« fragte Angelus wieder.

Das Gestein dieses Eilands zeigte eine ganz andre Farbe als Vulcano. Klippen, Geröll am Strand, gewellte Felsen schimmerten im zarten Graurosa von Langusten. »Das sind doch deine Farben, Kerubin.«

»Ja?«

»Erstens bist du so, und zweitens malst du so.«

»Ah. Gut. Dann kommen wir nächster Tage mit unseren Staffeleien – meine taugt übrigens nicht mehr viel, während deine ein Wunder der Technik darstellt –.«

»Vielleicht gibt's in Lipari Staffeleien zu kaufen.«

»Enfin, jedenfalls kommen wir wieder mit Malers Sack und Pack, unter militärischer Bedeckung, und das Lulubé steigt auf Vulcano aus und sein Gemahl auf Panarea, und jeder läßt sich von seiner Insel inspirieren. Abgemacht?«

Als sie an der Mole von Marina Lunga di Lipari anlegten, sank die rasche laue Dämmerung; überm Kastell blinkte orangefarben die haardünne Sichel des jungen Monds, und Frau Turian mußte flüchtig an die Geschichte vom umgelegten Vater des Engländers denken.

> Dear Mrs. & Mr. T. –
> I am waiting downstairs. Would enjoy to have a drink with you.
>
> C.

»Cromagnon«, kicherte Angelus, nachdem er den in den Türladen geklemmten Zettel gefunden, die runenartige Blockschrift entziffert hatte. »Mister Neanthropos erwartet uns zu einem Drink.«

Sie fanden den Archäologen in einer Nebenstube der Trattoria an einem Fenster, dessen Scheiben ausgehängt waren, an einem großen runden Tisch, auf dem neben einem mit fünf Kerzen bestückten, aus schaumigem Lavastein verfertigten Leuchter eine leere Korbflasche stand. Er erhob sich, stand unmerklich vorgebeugt, ohne sich im mindesten zu verbeugen, mit hängenden Armen, ohne Miene zu machen, dem Paar die Hand zu reichen: »Hallo.«

Er bekannte, den Doppelliter Capistello solo getrunken und dazu ein Halbpfund schwarze Oliven geknabbert zu haben, wirkte dabei ganz nüchtern, bestellte mehr vom süffigen roten Lipariwein, Artischockenböden in Olivenöl, Krabben und drei Portionen Cannelloni al Quirinale (die empfahl Aprile, indem er seine gebündelten Fingerspitzen zärtlich küßte). Frau Turian berichtete, bemüht, auf englisch zu sprudeln, vom Besuch auf Vulcano, auch daß die Bimsstein-Schwefel-Farbe des Inselberges seinem Leinenanzug entspreche. Das schien den Engländer zu erheitern, doch lächelte er weniger mit dem Mund als mit den nun brillenlosen Augen. Die glommen in dem in leichter Abendbrise flackernden Kerzenlicht gleich kleinen Feuern im Innern rechteckiger Höhlen.

Als man, Krabben lutschend, aufs Krabbenrosa der Klippen von Panarea zu sprechen kam, bemerkte er: »Ich war gestern mit einem Fischer drüben, weil ... Ich suchte ...« Er brach ab, trank Wein: »Cheerio. Dieser Fischersmann machte mich nebenbei mit einem Phänomen bekannt. Unter den rosafarbenen Klippen weiden pink aragoste, Langusten von absolut gleicher Farbe. Mimikry. Bedenken Sie, welchen Instinkt, welche Intuition – um nicht zu sagen: Intelligenz – diese Langusten haben müssen, wenn sie sich grade diese Insel als Schutzgebiet aussuchen. Ich fand nicht, was ich suchte ... aber mein Cicerone klärte mich über die mannigfachen Verständigungsarten innerhalb der Langustenwelt auf. Über die Hummersprache. Kennen Sie Nikita Krusch... Krusch-eh-rr ...«

»Meinen Sie Chruschtschew?« fragte Angelus ungläubig.

»Exactly.«

Beide Turians lachten. »Den kennt doch jeder«, sagte das Lulubé.

»Ist das so? Wissen Sie, ich lese seit einiger Zeit keine Zeitungen mehr. Beschränke meine Lektüre darauf, mich, eh-rr, über begrabene Kulturen ebenso wie über die Möglichkeiten, eh-rr, die dringenden Notwendigkeiten eines neuen Weltbilds zu informieren. Aber vor ein paar Jahren, als ich noch Zeitung las, da sagte während eines Freundschaftsbesuchs in Indien dieser Mister Krusch– Stalins Name sprach sich leichter aus, well, this Mr. Chrush said something like: ›Ehe als daß der Kommunismus untergeht, werden die Hummer reden.‹ Eine objektiv bedenkliche Äußerung. Right? Denn sie reden, die Hummer.«

Die Turians lachten.

»Ich verachte gewerbsmäßige Kommunistenfresser zutiefst, aber ich verlange von den Staatsmännern unserer Zeit, die mit der Wissenschaft steht und fällt, eh-rr, und fällt … zumal von geschulten Marxisten wissenschaftlich fundierte Formulierungen. Nachdem vom greulichsten Schwätzer aller Zeiten Europa zugrunde gerichtet wurde.«

Angelus: »Sie meinen Hitler.«

Der andere schien eine Antwort für müßig zu halten. Nachdem Herr Aprile das Lob für die Cannelloni entgegengenommen hatte, erkundigte er sich: »Wie heißt der Padrone? Domenico Aprile? Soviel wie Aprilsonntag. Wenn ich an einen vor fünfzehn Jahren denke …« Die hohe Stirn glänzte im Kerzenschein wie Bronze. »Lieber nicht.«

Da schwang das Lulubé sich zur Frage auf: »Haben wir gestern Ihren Namen richtig verstanden, Mr. Cro-, Croma-?«

»Crossman«, sagte er nebenhin, als ginge sein Name ihn nicht viel an.

»Sagten Sie nicht … war da nicht noch etwas dabei?«

»Ich sagte vielleicht ›Crossman, John‹. Stelle mich, wenn's überhaupt sein muß, zuweilen so vor. Um mich vom Abgeordneten des Unterhauses Richard Crossman zu unterscheiden, einem sehr entfernten Vetter von mir, dessen ›Labour-Rebellen‹-Gruppe ich nahestand, als ich noch in London wohnhaft war.«

»Ah, Crossman, John!« Frau Turian ließ ein miauendes Kichern hören.

»Bescheidene Frage: Finden Sie den Namen John so komisch?«

»Wir hatten«, lächelte Turian, »Ihren Namen mißverstanden. Nämlich ›Cromagnon‹.«

»Cromagnon?« In Crossmans Augenhöhlen tanzten jetzt Flammen eines lautlosen großen Lachens. »Wissen Sie, daß cromagnide Stämme die Urbevölkerung dieses Archipels darstellen? Ebenso auf Lipari herumtrotteten wie auf meiner Pantelleria-Insel? Salopp geschätzt dreißigtausend Jahre bevor die Urgriechen hier hausten und eine Industrie aufzogen, eh-rr, Instrumente herstellten aus diesem Lavastein« – er tippte den Leuchter an – »Obsidian, aus dem auch Mrs. Turians Augen sind.«

Darauf lachte Es noch weicher miauend.

»Später landeten die Phönizier mit ihren fledermausköpfigen Hunden, deren Nachkommen noch heute hier halbwild herumlaufen. Kennen Sie die Cerneghi nicht? Sehn Sie, da streicht einer um die Bagdadpinie herum, so gelb wie der Sichelmond … Verdammt frühes Leben auf diesen Inselvulkanen. Woraus sich, maybe, auf ein verdammt spätes schließen läßt. Maybe. Vielleicht bin ich deshalb mit meiner ganzen Arche Noah nach Pantelleria gesegelt und hab mich dort seßhaft gemacht.«

Er hatte eine MacArthur-Pfeife hervorgezogen, sie bedächtig gestopft. Während er sie anzündete, tanzten wieder die Lachfunken in seinen Augenhöhlen:

»Vielleicht haben Sie recht und ich bin Cromagnon Neo-Neanthropos, der Neue Höhlenmensch.

In the cave thou hast begun, Man,
In the cave thou willst end.

Vielleicht war's mein Urmenschen-Instinkt, der mir riet, London zu verlassen, mich in einer mit einem Patentfilter gegen Radioaktivität ausgestatteten Mittelmeerhöhle in Sicherheit zu bringen.«

Angelus: »Wohnen Sie nicht mehr in London?«

»Ich bin nach Pantelleria emigriert.«

»Aus Furcht vor einem Atomkrieg? Das würde«,

wußte Frau Turian Bescheid, »einem Briten nicht ähnlich sehn.«

»Die Furcht und die Trauer liegen hinter uns, my spanish-looking lady. Hinter den Crossman-Johns, pardon me, hinter den neuen Cromagnons, den freiwilligen Wilden. Gestern, als ich mit Bartolo, dem Fischer, in Panarea war, suchte ich … Nachdem ich die Friedhöfe von Lipari vergebens abgeklappert hatte, abgeschnuppert wie ein streunender Cerneghi-Hund, der hinter einem Knochen her ist, vergebens … ließ ich mir erzählen, eine bescheidene Anzahl verstorbener – beziehungsweise umgelegter – Strafkolonisten aus Mussolinis Tagen liege auf dieser, eh-rr, Langusteninsel begraben. Aber ich fand ihn nicht, meinen Toten …«

Die Funken in den eckigen Augenhöhlen waren erloschen. Als Crossman weiterredete, nun fast pausenlos, sich selten mit rollendem Räuspern unterbrechend oder flüchtig rauchend, fühlte das Lulubé sich an einen nicht endenwollenden Trommelwirbel erinnert, und das bläulich umqualmte, bronzeartig schillernde Haupt erinnerte an – den Wilden Mann.

Nein, er wohne nicht mehr in London, er habe der britischen Regierung höflich das für sie ganz Unwesentliche mitgeteilt, nämlich daß er nicht mehr nach England zurückkehren werde, ehe sie

Zypern etc. freigegeben habe nach dem Buchstaben der Charta Atlantica, im Zeitalter der künstlichen Monde und überschallschnellen Düsenbomber bedürfe man zur Selbstverteidigung keiner unerwünschten Flottenstützpunkte mehr auf dem Boden anderer Völker, der Franzosengeneral Salan, Verlierer anderer Kolonialkriege, habe verkündet, er sei Algerier, weil sein Sohn im Kampf gegen echte, nämlich farbige Algerier gefallen sei, das sei weiße Selbstmörderlogik, er, Crossman, verabscheue den Nationalismus, bei den jahrhundertelang von den vorgeblich christlichen Weißen unter Kuratel gehaltenen Völkern anderer Hautschattierungen und Bekenntnisse jedoch könne er ihn als allergische Krankheit begreifen, er selber sei Nationalist in einem einzigen Betracht, dem nämlich, daß jedermann zusehn müsse, die von den führenden Männern seines eignen Volks verübten Fehler aufzudecken, dies sei sein britischer Standpunkt.

Eh-rr, heute, da die Technokratie sich innerhalb weniger Jahrzehnte über die ganze Welt fresse, bleibe dem Weißen Mann nur eine Chance, nämlich den Anderen Mann zu versöhnenversöhnenversöhnen, was die Weißhäutigen unter den Sowjetlenkern anscheinend begriffen hätten, in genug anderem wieder seien sie begriffsstutzig, nicht zuletzt darin, ihre Philosophie dem neuen Weltbild, das offenbarlich das Einsteinsche sei, anzupassen, die Sowjetphilosophie klebe noch immer am alten mechanistischen Perpetuummobile-Weltbild, das die, Die Ewigkeit genauso akzeptiere, wie die Alleinseligmachende Kirche es tue, Die Ewigkeit, in deren Namen immer wieder kurzer Prozeß gemacht worden, die scheußlichsten Greuel verübt worden seien durch Jahrtausende, eh-rr, ja. Old man Heraklit, der große Dunkle, dessen Satz Vom Krieg als Vater Aller Dinge von den weißen Faschisten so übergründlich ausgeschlachtet worden sei, habe notiert (es seien ja nur wenige Notizen von ihm überliefert), daß dieser Vater wie alle Väter sterblich sei, daß der alte Widerstreit schließlich besiegt zu werden habe vom logos, der Weltvernunft, der großen Ausgleichschafferin. Heute sei deren Stunde gekommen, die Stunde der Symbiose, des nutzbringenden Zusammenlebens noch ungleicher Organismen, die Stunde der Völker, nach old man Heraklit Das zu sehen, Was Allen Gemeinsam sei, andernfalls, eh-rr, das Kind Aller Dinge Das Nichts sein werde, you follow me?

Ja, es sei am Weißen Mann, schleunigst die von jahrhundertealten Ressentiments gegen ihn, den gestrigen Herrn der Welt, gespeicherten Akkumulatoren zu entladen, sonst werde die das Nichts bewirkende Explosion unfehlbar erfolgen, sei's doch kindisch zu wähnen, daß in einer zu monströser Technisierung und damit Nivellisierung geblähten Welt nur ein Weißer eine H-Bombe, sei die nun blitzsauber oder ein Schmutzfink, austüfteln und bis zu den Antipoden pfeffern könne, Niels Bohr habe erklärt, bald werde der Tag kommen, wo jeder als Sonntagsbastler in seinem Fahrradschuppen sein Atombömbchen herstellen könne, ein Negerprolet aus der Südafrikanischen Union, der heute von den greulichen Weißen Herren dort unten noch nicht als Mensch anerkannt werde, ebenso wie ein Bantu, dessen Vater noch die Buschtrommel gerührt habe –

»Die Trommel rühren wir auch«, warf das Lulubé schelmisch ein, doch Crossman sagte hierauf merkwürdigerweise nur:

»Thank you.« Die weißen Nordamerikaner seien relativ gut dran, die könnten, die Nemesis, das globale Ressentiment der farbigen, der bunten Welt zu beschwichtigen, einen umsichtigen intelligenten Schwarzen im Weißen Haus von Washington inthronisieren, aber unsereins vom alten Lande, das Abend heißt?

Die Schweiz sei ja, wie er bei dem sehr feinen Basler, ja, Basler Schriftsteller Jacob Burckhardt gelesen habe, von der Weltgeschichte pensioniert, aber das Miasma werde sich nirgends pensionieren lassen. »Bertrand Russell, unser bester Mann – Lord Bertrand Russell, wiewohl ich ihn, als ich mich noch für Parlamentarisches interessierte, nie im Oberhaus gesehn habe ...« In Crossmans Augenhöhlen fand wieder ein kleiner Tanz von Lachfunken statt. »Nur auf die Achtzig- und Achtzehnjährigen kann man sich in unserer Welt der Kriegsdutzendmenschen verlassen ...« Bertrand Russell habe mitgeteilt, daß nach Bikini – womit nicht der Damen-Badeanzug gemeint sei, sondern das Eiland im Pazifik, auf dem die amerikanischen A-Bomben-Experimente vorgenommen worden seien –, daß zehn Tage nach Bikini der Regen in Japan fünftausendmal radioaktiver gewesen sei als zuvor; daß bei A-Bomben-Explosionen Strontium Neunzig freiwerde, ein Kunstgift, das heute, nach genau dreizehn Jahren währenden Experimenten – die über Hiroshima begannen, wo zweihunderttausend Japaner als Versuchskaninchen einer Vivisektion nie gesehnen Ausmaßes benutzt wurden, eh-rr – rings auf Erden in Gras und damit in Milch zu finden sei; die Britische Atomwissenschaftliche Gesellschaft schätze, daß die Bikini-Versuche allein fünfzigtausend Krebsfälle zeitigen werden, ganz abgesehn von den Mutationen, den genetischen Veränderungen im molekularen Bau der Erbmasse, die das Neunziger-Strontium bei kommenden Generationen bewirken könne, »haben Sie Kinder?«

»Nein«, sagte Angelus bescheiden.

»Sie?« fragte das Lulubé.

»Wer Kinder hat, muß heute ins Kalkül stellen, daß er Wechselbälger mit zwei Köpfen oder Siamesische Zwillinge zu Enkeln bekommt«, aber das Plutonium, das, mit Recht nach dem Gott der Unterwelt benannt, bei Explosionen von Wasserstoffbomben freiwerde: ein Null-Komma-Sechsmillionstel Gramm Plutonium gefährde bereits den menschlichen Organismus aufs äußerste, die Lebensdauer dieses Hadesdampfes aber betrage vierundzwanzigtausend Jahre.

»Donnerwetter«, sagte Turian leise.

»Thunderstorm, eh? Was ist, mein werter Herr, ein Donnerwetter dagegen?« Ihm graue bis ins gegen Strontium Neunzig anfällige Mark; denn er, Crossman, sei sehr bewußter Weise ein Abendländer, weshalb er mehr um die Welt des Abends bange als um die Welt des Morgens in Tagen, da ein Kampf zwischen Kapitalismus und Kommunismus vorgespiegelt werde, der wahrer ein Kampf sei zwischen dem Weißen und dem von der Nemesis beflügelten Andern Mann, aber die außenpolitischen Geschäfte der Abendwelt habe in gewissen Jahren der Entscheidung, so werde man später, falls es ein

Später gäbe, berichten, ein kranker Rechtsanwalt mit dem Gesicht und Gehaben eines Reisenden in Bibeln geführt, wie sie in amerikanischen Kirchen als Händler auftreten dürfen und ihren Massenartikel, die Heilige Schrift, feilbieten mit dem Reklameruf: ›Jesus Christus, der Welt tüchtigster Bücherverkäufer, meine Damen und Herren, wer will noch mal, wer hat noch nicht, Bibeln für den Hausgebrauch und zur Abwehr der Hölle kleine saubere taktische Atomwaffen, Sprengköpfe für interkontinentale Fernwaffen und Mittelstreckenraketen, atomare Tiefseebomben und sogenannte Anti-missile-missiles-Abwehrraketen und gegen die Anti-Anti-missile-missiles-Raketen Anti-Anti-Anti-missile-missiles-Raketen und Sprengköpfe, gut gewaschene, blitzsaubere Sprengköpfe‹, vielleicht haben die drüben, im weiland Riesenreich des Temudschin-Dschingis-Chan ungewaschenere, aber sie haben. Eh-rr, weshalb man nicht aus Furcht vor einem Schlag immer vom Schlagen faseln sollte, sich vielmehr beim Tee mit den Sendboten Temudschins über Kompetenzfragen unterhalten, so wie's seinerzeit hier nebenan auf Sizilien der größte Kaiser des christlichen Abendlands getan habe, Hohenstaufenfriedrich der Zweite, stupor mundi, erkannt wie verflucht als Weltgenie, größter Vermittler im alten West-Ost-Konflikt, der sich damals in besonders abscheulichen Exzessen manifestierte, sogenannten Kreuzzügen. Ihrer der erste, zu dem Papst, warten Sie mal, Urban Nummer zwei gehetzt hatte, mißlang jämmerlich, im Grund seien alle Kreuzzüge mißlungen, das liege im Wesen solcher Expeditionen, doch sei symptomatisch, daß der Anführer des ersten mit frommen Sprüchen kaschierten Raubzugs dieser Art ein Ritter namens Habenichts gewesen sei; »langweile ich Sie allzusehr?«

»O nein«, sagte Turian.

»O nein, nein, nein, nein«, das Lulubé.

»Doch, ich langweile Sie, ich langweile mich ja selbst mit diesen Geschichten, diesen Allerweltsgeschichten, die ich auswendig kenne, aber manchmal, nach langem Schweigen, da blubbert's plötzlich aus mir heraus wie aus einem, eh-rr, fälschlicherweise für erloschen gehaltenen Vulkan.«

Da sagt er's selbst! durchzuckte es Frau Turian. Daß er wie ein Vulkan ist …

Säbelrasselnde Päpste wie Gregor Nummer neun hätten die Mittlerdienste eines ebenso weißen wie weisen Kaisers nicht geschätzt, vielmehr den fluchenden Bann oder den bannenden Fluch gegen Federico geschleudert, weil der den ihm befohlenen Kreuzzug immer wieder vertagte, dafür mit arabischen Wissenschaftlern, an seinen sizilianischen Hof berufenen, Gedanken austauschte; und als er sich schließlich den Kreuzzug abpressen ließ, wurde es einer von besonderer Art, einer, auf dem niemand gemetzelt wurde und der damit endete, daß der Kreuzfahrerchef mit dem Sultan von Ägypten Rosenwasser trank und sich Jerusalem auf dem Vertragsweg entlehnte. Was den militaristischen Pfaffen wieder nicht recht war, bis er die ganze Sache satthatte; nach der Legende auf den Ätna stieg und sich hinabstürzte in den brodelnden Krater; worauf seine Feinde die Legende ummogelten, er habe sich bei lebendigem Leib in die Hölle gestürzt ... typisches Geschick für einen unabhängigen modernen Geist, der seiner Zeit um tausend Jahre vorausgewesen sei. »Aber der Ätna-Krater war gar nicht der authentische Eingang zur Hölle; der zeigt sich vielmehr dort drüben illuminiert, have a look, wie ein Spielkasino ohne Spieler.«

Man hatte in Marsala eingelegte Kirschen, auf Zahnstocher gespießt, zerknabbert und geschlürft. Nun deutete Crossman mit der erloschenen Pfeife lässig zum Sattel zwischen den Bimssteinbergen Rosa und Sant'Angelo übers Meer, auf dem sich die Lichterketten der Polypenfischer kaum regten. Nordöstlich überm Horizont loderte es wie ein sonderbar eckiges Feuerwerk. »Dort war die Hölle.«

»War?« maunzte das Lulubé.

»War.« Heute sei sie, eh-rr, viel dezentralisierter, sozusagen allgegenwärtig, jedes heutige Kind frage sich mehr oder minder bewußt, ob, wann, wo sie ausbrechen werde. »Italien wird von sieben Winden regiert.« Das habe bereits vor fünfhundert Jahren der Landkartenzeichner Jacopo de' Barbari notiert. Die Winde, die den Stromboli umkämpfen, dazu das Getön unentwegter Eruptionen: die Seefahrer des christlichen Mittelalters, die nachts die Straße von Messina durchsegelten, wurden von Grauen übermannt, gewiß, die Stimmen der Verdammten zu vernehmen. »Die Stimmen der Verdammten. Heute können Sie sie aus jedem Radiokasten hören.«

Die apokalyptische Suade, der die Turians bisweilen nur mit Mühe hatten folgen können, schien beendet. Wiewohl die Kerzen fast niedergebrannt waren, befand der Padrone nicht für nötig, sie zu ersetzen. Im verlöschenden Flackern wirkten Haupt und Leinenanzug des John Crossman gleichermaßen wie aus Bimsstein, wie ein Torso, herausgehauen aus dem Vulkanmassiv und hinter dem Wirtshaustisch aufgestellt. Und doch deuchte es das Lulubé, als sei er ungleich wirklicher denn Angelus, der in diesem Verglimmen nicht viel mehr vorstellte als einen altrosafarbenen Flecken.

»Ich glaube, es ist heute schwieriger als früher, ein Mann zu sein«, sagte Crossman noch. »Eine Schwierigkeit, die besonders die Frauen zu spüren kriegen dürften – natürlich Anwesende ausgenommen.«

»Wirklich?« versuchte Es zu scherzen. »Anwesende ausgenommen?«

»Der Mann muß ein stärkeres Herz haben als früher«, sagte Crossman noch. »Eins, das drauf trainiert ist, auch in der Atmosphärelosigkeit zu schlagen. Oberhalb der Ionosphäre, in der großen Leere. Denn wird das so weiter getrieben, wird der Mond mit seinem Vakuum eher auf uns kommen als der Mensch zu ihm – selbst wenn er ihn längst erreicht hat … Ein Herz«, sagte Crossman noch, »zumindest adaptiert an die Wüste, ein Löwenherz. Oder eins, adaptiert an die Tiefsee«, sagte Crossman noch, »ein Haienherz.«

»Haben Sie ein Löwenherz, Mister Crossman«, lispelte Es, »oder ein Haienherz?«

»Hah, hah«, lachte der Torso.

»Glauben Sie denn, wir sind am Ende?« erkundigte sich der rosa Fleck.

»Das ist nicht gesagt«, sagte der Stein. »Mann«, – ›Man‹, so sagte er's – »Mann müßte den ersten Versuch eines neuen Lebens starten. Nicht auf dem Mond oder Mars.«

»Auf der Venus?« riet Es.

»Hier.« Mit der Erklärung, entlarvt als Cromagnon, demnach zur Urururbevölkerung der Äolsinseln gehörig, sei seine Pflicht, als Gastgeber zu walten, die Zeche zu zahlen, verabschiedete er sich knapp: »So long.«

Am nächsten Vormittag verschleppte Es den Angelus nach Stromboli.

## 5

Kerubin! Hast du je solch einen grauen, fast schwarzen Strand gesehn? Einen wie aus Asche?«

»Hm. Von solch einem las ich bei Homer. Der Strand der ›Kimmerischen Männer‹.«

»Stell dir vor, ich male einen Kimmerischen Mann, der in, äh, schwefelgelber Nacktheit über diesen Aschenstrand wandelt. Halb wandelt, halb kriecht. Einen Mann, der so aussieht wie John.«

»Was für ein John?«

»Mr. Crossman.«

»Ah. Kriecht Mr. Crossman denn?«

»Bei einem Ausgrabungsspezialisten wird Kriechen zum Beruf gehören.«

Sie waren mit dem ›Luigi Rizzo‹ gekommen, dem Kleindampfer, der den Beinamen Der Interne führte, weil er den spärlichen Passagierdienst innerhalb des Liparischen Archipels versah: zweimal wöchentlich. Sie hätten zwei Stunden Zeit gehabt, das Fischerdorf San Vincenzo und dessen Umgebung zu ›beschnuppern‹, darauf mit Dem Internen nach Lipari zurückzudampfen; aber dem Lulubé stand andres im Sinn. – Sie bummelten durch San Vincenzo. Es begegnete ihnen fast niemand. Ein paar alte Frauen in Schwarz, ein paar Kinder, niemand in der Blüte der Jahre. Der ältere Teil des Dorfes mutete an, als hätte es vor längerem unter einem Bombardement gelitten. Viele der Häuser, in afrikanischer Kubusform erbaut, wiesen zackige Risse auf. Ganz fehlten die Häuser verbindenden Bogen, die sich über die Gassen des Städtchens Lipari schlugen. Doch sahen diese in den Fugen erschütterten Kubushäuser sich merkwürdig sauber an und weiß getüncht, obwohl über dem zuckerhutförmigen Stromboli lange Trauerfahnen aus Rauch wehten wie über einer zugigen Fabrikstadt. Das Merkwürdigste: auf den Schlackenhaufen am Fuß des Bergs wuchs Wein – nichts als Kinder und alte Frauen, die in den Reben beschäftigt waren. Auf der Asche gedieh das Kraut, in dessen Früchten ein liebliches Feuer schlummerte.

Daß dieser tintige Vulkanwein ein zartes Aroma atmete, aus dem, hatte man ihn gekostet, unverhofft eine schlanke, doch mächtige Flamme schlug, sollten die beiden Maler bald erfahren. Der neuere, weniger ramponierte Teil des Dorfs samt dem Hutzelhafen war auf Marschland ins Meer hinausgebaut. Dort, im kargen Steingärtchen eines Kubus, der die verblichene Aufschrift ›Albergo al Paradiso‹ trug, tranken sie San-Vincenzo-Wein aus Tonschalen. Die Padrona, schon gewohnterweise eine alte Frau in Schwarz, eine dicke, putzmuntere, erklärte ihren Gästen »wie das bei uns ist. Früher hatte der Hafen fast zweitausend Einwohner, jetzt sind wir nicht viel mehr als dreihundert. Ecco. Nur Großeltern und Enkel. Die mittlere Generation – außer den Fischern – arbeitet auf dem Festland. Ausbrüche des Bergs? Ausbrüche sind immer. Aber wenn einer von diesen großen Ausbrüchen kommt, dann fahren die Alten und die Kleinen mit den Fischern aufs Meer hinaus und knien in den Fischerbooten hin und beten wie in der Kirche.«

Das Lulubé: »Sind Sie, Signora, schon oben gewesen auf dem Stromboli?«

»Ich? Oben?« Die dicke Alte lachte kreischend auf. Während ihr schwerer, bis auf den Bauch gerutschter Busen im Lachen schaukelte, erzählte sie anderen alten Frauen in Schwarz und mit spärlichen Lumpen bekleideten Kindern, was man sie gefragt hatte. Alles lachte arglos-ausgelassen wie über einen fabelhaften Scherz.

»Er ist ja nur neunhundert Meter hoch«, sagte Es geringschätzig. »Wir waren schon einmal oben – vor ein paar Jahren«, log Es zu Turians Verwunderung, worauf das Lachen der Gemeinde sogleich abflaute. »Und wollen es nochmal probieren. Haben Sie Zimmer zu vermieten?«

»Ich hätte eins mit einem Doppelbett.«

Angelus hatte seinen lichten Bart gekrault, den Kopf horchend zur Seite geneigt, horchend auf das unregelmäßige Grollen aus der Höhe, das wie fernes Geschützfeuer klang, von Böen überbraust.

»Du willst hier übernachten?« fragte er ungläubig (auf baseldeutsch); »wo wir nicht einmal Seife und Zahnbürsten dabeihaben?«

Es klopfte auf die Umhängetasche, eine Art Schnappsack, in dem Es Ölfarben und Pinsel zu transportieren pflegte: »Alles hier.«

»Auch Pyjamas?«

»Wenn's dir kühl wird, deck ich dich mit meinen Haaren zu.«

»Und willst morgen früh auf den Stromboli?«

»Weshalb hätt' ich mir sonst Hosen angezogen? Hast du etwa …«

»Was?«

»… Angst, Kerubin?«

»N-nein«, sagte er zögernd.

»Va bene«, sagte die Padrona noch lachend, kopfschüttelnd. »Sie wissen, daß Sie um vier den Aufstieg antreten müssen. Damit Sie bei Sonnenaufgang oben sind. Später wird es zu heiß wegen …

Sie wissen ja Bescheid. Ich gebe Ihnen den Bartolino mit, meinen Enkel. So weit hinauf, bis – bis die Dämmerung kommt. Weiter nicht.«

Dies wurde in unvermittelt strengem Ton vorgebracht, gleich darauf wieder heiter-betulich geraten, sich, oben angelangt, diesseits des Kamms zu halten, den beiden Höllenrachen fernzubleiben.

»Le due bocche dell'inferno«, so sagte die Alte, und Angelus empfand es als paradoxe Anzüglichkeit, daß die Herbergsmutter eines zwei Meter überm Meeresspiegel gelegenen Paradieses von Höllenschlünden in der Höhe sprach.

Das Doppelbett erwies sich als brettsteife Einzelpritsche.

»Nur ein Brett zwar, aber ich teil's ja mit einem Engel.« Das Lulubé hatte seinen dicken Haarknoten gelöst, und das Haar umfloß seine Nacktheit bis zur Hüfte wie eine zu lange Mantilla, und Es schloß den knarrenden Fensterladen, auf daß der Widerschein der aus der Bergkuppe züngelnden Feuergarben nicht ihrer beider Schlaf störe, und kuschelte sich an ihn im stickigen engen Dunkel und deckte die nackte Brust des Manns mit dem Haarmantel zu und wetzte die Wange an Angelus' weichem Bart und schwieg mit hellwach pochendem Herzen. Er vernahm und fühlte es. Und er hörte das ferne Knarren eines anderen Fensterladens und verschwiegenes Klatschen von Brandung, und er vernahm und fühlte das Rumoren des Bergs, das nicht mehr wie Kanonendonner bei Sturm herniederhallte, sondern wie ein ständiges großes Schmatzen, Murmeln und Murren.

»Hörst du«, fragte er halblaut, »die Stimmen der Verdammten?«

»Ich finde es ganz maximal und furchtbar aufregend«, wisperte das Lulubé gepreßt, in mänadenhafter Verzückung. Sie schliefen miteinander, kurz und heftig, und er spürte, daß die Frau wie berauscht war, wiewohl sie wenig Wein zu Abend getrunken hatten, und hitziger bei der Sache als irgendwann in den letzten Jahren.

Später raunte Es: »Weißt du, Kerubin …«

»Hm?«

»Weißt du, daß ich seit unserer Hochzeit niemals mit einem Menschen geschlafen hab?«

»Ah. – Bin ich kein Mensch?«

»Nein. Du bist ein Kerubin. Bevor ich dich kannte, als ich neunzehn war, ging ich mit Nikolaus Apt.«

»Gingst? Schliefst.«

»Es sah damals aus, als würde er ein großer Bildhauer werden.«

»So sah's damals aus.«

»Seit unserer Hochzeit hatte ich keinen. Nie.«

»Und doch wolltest du mir kürzlich durchbrennen.«

»Ich? Dir?«

»Mit dem Apotheker Gigon.«

»Bist du wahnsinnig?«

»Du hast gesagt, hm …: ›Eines Tags geh ich dir mit dem Wilden Mann durch.‹ Und der wurde von dem Herrn Gigon dargestellt. Dem Besitzer der Reben-Apotheke. Einem großartigen Solotänzer. Erinnerst du dich nicht?«

Gleichmäßiges Atmen antwortete ihm allein – Es schlummerte an seinem Herzen. Aber Angelus Turian fand lange keinen Schlaf. Sah den Widerschein fernen Feuers durch die Ladenritzen geistern. Lauschte dem Rumoren aus der Höhe, das einem Gewirr unartikulierter menschlicher Äußerungen glich, Murren, Husten, Flatschen, Gurgeln. Im Halbschlaf, schon träumend, glaubte er von einem irrlichternden Obenher einen Streit zu vernehmen. Streit aus einer in einem Leuchtturm etablierten Taubstummenanstalt.

# 6

Sie müssen am Faro Vecchio vorbei«, sagte die dicke Alte schlafheiser, »Bartolino zeigt Ihnen den Weg gegen ein Entgelt von sechshundert Lire, die ich Ihnen auf die Rechnung setze.«

Sie brachen kurz nach vier auf, nachdem die verschlafene Alte ihnen ein starkes Frühstück mit Milchkaffee und Ziegenkäse vorgesetzt und Proviant zugesteckt hatte, Brot, Salametti, Orangen, eine Reiseflasche Grappa. »Sie werden es brauchen.« Wie zugesagt, stand einer ihrer Enkel bereit, seiner Kleinheit nach zu schließen ein siebenjähriges Büblein, in etwas wie eine zur Hälfte beschnittene Kapuzinerkutte gehüllt. Indessen, die grüne Steuerbordlaterne eines Fischerboots, die der Wicht schlenkerte, in ihrem Schein ließ das dunkelhäutige Liliputanergesicht auf das eines Zwölfjährigen schließen. Bartolino sei fünfzehn, erklärte seine Großmutter, piccolo ma intelligente.

Der Zwerg trug Bastschuhe, in denen er erstaunlich rasch ausschritt, zuweilen lautlos hüpfend, wobei sein glühwurmfarbiges Licht hin und her schwang. Auf einem in die Schlacke geschnittenen Pfad ging's am Meer entlang, und die Asche knirschte sacht unter ihren Sohlen. Zur lichtlosen Leuchtturm-Ruine gelangt, führte er sie völlig schweigsam, allein mit der Laterne signalisierend, linkerhand bergan. Die Frau folgte ihm kräftig hinanschreitend, als geübte Alpinistin so verschwiegen wie jener. Die Nachhut bildete Angelus; als sie etwa Dreihundertmeterhöhe erreicht hatten, blickte er sich erstmals um.

Aus dem Meer glitzerten mehrere Lichterketten wie Sternbilder. Allein bei scharfem Wiederprüfen war zu erkennen, daß sie sich bewegten: die Polypenfischer. Aber steil über ihm kamen die Sterne und gingen.

Seltsam, dachte er, wie sich das alles unablässig bewegt, selbst wenn es Ruhe vortäuscht. Auch ich, ein Mikrokosmos namens A. Turian, zur Schule der Abstrakten neigender Kunstmaler aus einer Dreiländerecke, derzeit auf einem Nachtmarsch zu den Höllenmäulern, habe mich bereits neun Monate vor meiner Geburt bewegt, bewege mich unablässig, auch im Schlaf, werde erst ablassen davon, wenn ich gestorben bin.

Dies war der Augenblick, als ihn der Verdacht anrührte: Es schleppt mich hinauf zu einem Turnier.

Und nicht nur diese Erde und dieses Meer werden sterben, so nach und nach und dann letzten Endes, letzten Endes doch so plötzlich wie unsereins, sondern auch der Himmel mit all seinen Welten, die so nach und nach dahingehn werden wie alte Leute in einer Kleinstadt. Neue Kinder werden geboren und neue Sterne, aber eines Tags wird der ganze Zauber vorbei sein. Ohne Spott: wer wollte den Zauber der Welt bestreiten? Vorbeisein, und das ist besser so. Bescheidener als das Salbadern von der Ewigkeit. Den Tod kann ich mir letzten Endes vorstellen: als Ende, als Ruhe, als endliche Ruhe, während die Ewigkeit eine Zumutung ist an Phantasie, Liebe, Vernunft, Geduld, ein überholter Begriff. Wie gut, daß die Welt endlich endlich geworden ist.

Was ist mit mir? dachte Angelus. Bin ich von Mr. Crossmans lavahaft sich hervorwälzenden Suaden angesteckt worden?

Da begegnete er ihr zum erstenmal.

Der wandernden Lava.

Und er erschrak.


Die Rauchfahne auf dem Zuckerhut, ihr Flattern ließ die Sterne kommen und gehn. Je höher die Partie stieg, desto weniger hörte sich das allgegenwärtige Rumoren aus der Höhe wie ein Murren an.

Allgemach wurde Turian bewußt, woran er sich erinnert fühlte. Trommeln; endloser Wirbel der ›Tagwacht‹. Das Durcheinanderrollen, -knattern, -prasseln ergab eine archaische Rhythmik, das hörte sich an wie unferner Aufmarsch vor Morgengrauen von ›Cliquen‹, die ihre Trommel-›Verse‹ hervorbrechen ließen aus dem Ende der Nacht. Dazu das dünne spitze Pfeifen des Höhenwinds: wie Pikkoloflöten. Ein ›Morgenstreich‹ aus dem Himmel … Es drängte ihn, die Frau einzuholen, ihr seine so baslerische Entdeckung mitzuteilen, doch kam er nicht mehr dazu. Denn bei flüchtigem Stehnbleiben, Emporhorchen und -äugen entdeckte er plötzlich etwas ganz anderes, etwas, das er zunächst für eine merkwürdige träge Sternschnuppe hielt.

Sogleich erkannte er seinen Irrtum. Das bewegte sich vom Berg herab wie etwas Lebendes, träge sich schlängelnd wie eine Brut phosphoreszierender Schlangen. Viel rascher, als er für möglich gehalten hätte, kroch, ja, kroch das stracks auf ihn zu, sich mehr nach Raupen- als nach Schlangenart bewegend, rot glimmende Riesenraupen.

Sekundenlag übermannte ihn Panik, der Trieb, zurückzuhetzen zum Alten Leuchtturm. Statt dessen schrie er »Attenzione!« mit einer Stimme, die ihm selber ungewohnt schrill klang.

»At-ten-zi-o-ne!« zum Zwerg hinüber. Der hielt neben der Frau zwanzig Schritt voraus und winkte dem Nachzügler mit der Laterne, näherzukommen. Im selben Augenblick wurde Angelus gewahr: die Feuerraupen krochen nicht mehr auf ihn zu. Bei geringfügiger Änderung ihrer Bahn mußten sie den Pfad zwanzig Schritt voraus passieren.

Es! dachte er. »Lulubé, attenzione!« (Lächerlich, daß ich italienisch kreische.) Aber die grüne Laterne blieb, wo sie war. Hastig näherstolpernd erspähte Turian: Der Kleine wich dem glühenden Lavarinnsal nicht nur nicht aus, machte sich vielmehr bis auf Schrittnähe heran wie der Stierkämpfer an den Toro.

Unter seltsam diskretem Zischen kroch das Phänomen, schon erkaltend, zu Tale, um in der Finsternis zu erlöschen.

»Schö-ön!« jubelte das Lulubé gepreßt.

»Wirklich«, sagte er, bemüht, das Zittern seiner Stimme zu bezwingen. Während des Anstiegs über den Serpentinenpfad passierten sie noch mehrere Schübe gleitender glimmender Lava (man gewöhnt sich an alles), der Morgenstreich rückte näher, und über die Schattenkuppe loderte der Widerschein einer brennenden Stadt … Im ersten Fahlen zugiger Dämmerung, früher in der Tiefe als am Himmel sichtbar: als bis zum Horizont hin schillerndes

Grau eines Meers, auf dem sich ein Labyrinth von Straßen (Strömungen?) abzuzeichnen begann, im ersten Morgengrauen kauerte der Knirps sich in die Hocke, um bedächtig die Steuerbordlaterne zu löschen. Murmelte etwas wie einen Gruß und trottete unverweilt den Saumpfad hinab, außer Sicht.

War's ein Sturmangriff bei Sonnenaufgang?

Die Sonne ging auf überm Tyrrhenischen Meer, über das sich von Ustica her eine goldene Brücke spannte, eine in gewaltigen Rauchschwaden zerfließende, schwefelgelben, die, dampften sie einem übern Pfad, das Atmen behinderten. Angelus spürte den Boden zittern unter den gewaltigen Trommelwirbeln, die hinter dem nahen Grat hervorbrachen. »Nimm einen Schluck Grappa, du kannst besser atmen.« Aber die Frau schien nicht zu hören, da genehmigte er sich einen langen Schluck aus der Grappaflasche und wußte, ein Tag werde kommen, an dem keine Sonne mehr aufgehn würde über diesem Meer, ein Tag, an dem kein Tag mehr sein würde. Aufgeputscht von dem einzigen Schluck Grappa und der frischen Erinnerung an John Crossmans vulkanisches Schwefelschwafeln spürte er die üble Vorahnung einer Möglichkeit: daß solches Ende des Tags vor dem ›Wenn die Zeit erfüllet ist‹ von Menschenhirnen ausgeheckt und bewerkstelligt werden könnte. Schwitzend vom Anstieg, von der sofort spürbaren Sonnenwärme, von der aus den zerzausten Schwaden niederblasenden Glut, zugleich angeregt von der scharfen Morgenbrise in wohltemperierter Höhe von fast tausend Metern ›über dem Meeresspiegel‹, fühlte er sich von einer für ihn selbst um vieles aktuelleren Vorahnung gestochen. Daß dies alles binnen einer Viertelstunde erlösche nach dem Bekenntnis eines anderen Angelus, Dichters des ›Cherubinischen Wandersmannes‹, Angelus Silesius: Wenn ich sterbe, geht die Welt unter. Sie gelangten auf den Kamm, wie ihnen die Alte aus der Paradies-Herberge von San Vincenzo es beschrieben hatte, und erblickten in etwa 150 Meter Tiefe die beiden Höllenschlünde, jeder mit einem Durchmesser von etwa 100 Metern – solches zu schätzen fand Turian eben noch Zeit.

»Deckung nehmen!« brüllte er diesmal wie ein Mann. (Als Sanitätsgefreiter im Basler Füsilierbataillon 97 hatte er an manchem Wiederholungskurs teilgenommen.) »Deckung!« kommandierte er keine zehn Sekunden seit sie niedergespäht hatten ins Gebrodel des rechten Kraters; der linke dampfte nur.

Das war kein Morgenstreich mehr.

Epileptische Konvulsionen eines zyklopischen Lebewesens. Dann kotzte der Schlund rechterhand. Kotzte in hohem Bogen, dabei scharf gezielt auf den cherubinischen Wanderer im rosa Zwirn-Pullover, auf Turian und seine Frau.

Er packte sie am Nächstbesten. An der großen schwarzen, von ihrem Nacken ragenden Haarrolle. Zerrte sie vom Saumpfad in den Unterstand einer jenseits des Grats überhängenden Felsplatte, wobei er sich seine Jeans zerriß. Über sie weg prasselten unförmige Feuerkugeln verschiedener Größe, von melonengroßen Klumpen bis zu glühenden Regenspritzern, die im Flug ergrauten.

»'s hätte uns tö-hh-, töten können«, keuchte Turian.

Auch die Frau keuchte, wie's schien. Bis er ermaß: ein unmoduliertes stoßhaftes Lachen. »Hhihhi, und?« Ihre Augen funkelten wie Lava.

»Was heißt ›Und‹?«

»Und, hhihhi? Wär's nicht besser?«

»Besser als was?«

»Als von einer Wasserstoffbombe hingemacht zu werden, hhihhihhi? Wär's nicht, hhi, natürlicher?«

Angelus schwieg, noch keuchend. Da zischelte Es: »Außerdem wär mir nichts passiert.«

»Und mir, Lulubé?«

»Dir? Du bist ja ein Kerubin. Ein Engelein. Was kann dem passieren …?«

Zum erstenmal verspürte Turian leises Grauen vor seinem Gespons.

# 7

Frühnachmittags bestiegen sie den ›Eolo‹. Kein kleiner Inselpendler wie der ›Luigi Rizzo‹, ein größerer Dampfer, als Postschiff von Neapel über die Äolsinseln nach Messina unterwegs. Auch er benötigte bei ganz hübschem Seegang drei Stunden, um Lipari zu erreichen; wieder standen jene meist untersetzten, unbewaffnet wirkenden Soldaten an Deck herum. Einer, bäuchlings an der Reling lehnend, wies dem Paar nachlässig die in weiten Karrees aufgefahrenen Fischerboot-Flottillen, deren braune Segel gekappt waren. Polypen und Calamari-Tintenfische fange man des Nachts, den Thunfisch bei Tage, erläuterte der Soldat. Herden kleiner Thunfische wanderten Ende August zwischen den Äolsinseln hindurch, größere Tiere im September, jetzt kämen bald die ganz großen Burschen des Wegs; sie schwämmen prompt auf der einen, freigebliebenen Seite des Karrees in dieses ein, dann raffe man das kolossale Netz, und basta.

Frau Turians Interesse an und am Fischen war

mäßig. (Daß ihr ein großer Fisch, wenn auch kein Thun, wenige Tage darauf zum Schicksal werden sollte, konnt' sie nicht ahnen.) »Warum sind eigentlich soviel Soldaten zwischen den Inseln unterwegs?«

»Cosa? Soldaten? Wo sind Soldaten, signorina?«

Die Gefragte kicherte kurz, während das bläulich rasierte Gesicht – das ganze Gesicht wirkte bläulich – des kleinen Soldaten ernst blieb.

»Sind Sie kein Soldat?« Turian lächelte etwas abgespannt.

»Nein, ich bin Carabiniere«, erwiderte der Soldat mit Würde.

»Ah! Alles Polizei? Wofür? Warum sind soviel Carabinieri auf den Inseln stationiert?«

Jetzt lächelte der Bläuliche ebenfalls, blinzelte Turian prüfend an. »Molti contrabandieri«, meldete er trocken.

»Schmuggler!« rief das Lulubé entzückt.

»Die sich«, riet Turian, »zwischen Italien und Nordafrika betätigen.«

»Ecco.«

»Was schmuggeln die denn?«

»Alles, Signorina.«

»Auch Waffen?«

»Nach Italien herein werden keine Waffen geschmuggelt.«

Turian: »Aber nach Afrika hinüber dafür um so mehr?«

Der Bläuliche feixte. Faules Handheben zum winzigen Kappenschirm bedeutete, daß das Privatgespräch mit der Polizei beendet sei. Nachdem der ›Eolo‹ das Paar in Marina Lunga di Lipari abgesetzt hatte, um gen Messina davonzudampfen, als Herr Domenico Aprile vom Anstieg zu den Höllenmäulern des Stromboli erfuhr, hockte er sich im Hof der Trattoria auf den Zisternenrand und mimte eine Art Ohnmachtsanfall. Er erholte sich im Nu, tremolierte unter starkem Gefuchtel: »Danken Sie Gott, daß Sie unversehrt vor mir stehn!«

»Das war gar nicht gefährlich«, sagte Es leichthin.

»War nicht gefährlich?« wandte der Padrone sich vorwurfsvoll an Turian.

»Nein«, log der.

»Ich bin Sizilianer! Aus Milazzo! Kein Feigling, aber … Oder halten Sie mich für einen Feigling? Mich, der bei einem Kampf mit der Maffia, bei einem Kampf bis aufs Messer einen Stich davontrug, wie gesagt, einen Stich an einer gewissen, sehr delikaten Stelle … Sie glauben mir nicht? Moment, ich zeige Ihnen la mia cicatrice!« Und Aprile drehte sich um, klaubte die wenigen geölten Haarsträhnen auseinander, demonstrierte seinen fettigen Skalp.

Angelus: »Das ist die delikate Stelle?«

»Si, signore. Wie Sie wissen, ist die Schädeldecke am Haarwirbel sehr dünn. Wenn der Bandit da hineingestochen hätte …«

Das Lulubé: »Wir sehn keine Narbe.«

»Keine Narbe?« Den umzotteten Kopf schüttelnd, eilte Aprile vom Hof, um sogleich mit zwei Rasierspiegeln wiederzukehren. »Keine Narbe?« Die Sonne stand schon tief über den wie Muscheln irisierenden Bimssteinbergen. Aprile brachte die Spiegel in die Stellung, die ihm ein Betrachten seines Hinterkopfs ermöglichte, und die Sonne reflektierte aus ihnen, und aus dem bergwärts offenen Hof jonglierte der Reflex mächtig empor. Lulubés Blick folgte dem grellen Spiel des Lichtkegels und entdeckte droben, vor der Ruine des Sarazenenturms, an der vorüber ein Fußweg ins Tal des Piano Greco führte, eine Mannsgestalt, auch sie wie aus Bimsstein, muschelartig irisierend im warmen Spätnachmittagsglast. Der Ferne ließ sich vom Spiegelblitzen umspielen, sekundenlang; dann schien er die Gruppe im Hof zu erkennen. Hob einen Arm, winkte gelassen.

»Kerubin – dort oben, das ist der Crossman.«

»Mister Cromagnon? … Ei ja.«

Beide Turians winkten hinan. Das Bimssteinmännchen winkte nochmals knapp, bevor es hinterm Sarazenenturm verschwand.

»Viele Jahre her, la mia disputa con la maffia«, brummte der Padrone kleinlaut. »Aber wenn man genau hinsieht –«

»– sieht man Ihre Narbe, ohne Zweifel«, beschwichtigte ihn Angelus. In den nächsten Tagen, Tagen von der Helle unvergänglichen Sommers, fuhr er nach dem morgendlichen Meerbad zweimal zur Langusteninsel Panarea hinüber. Weil ›Der Interne‹ keineswegs täglich zwischen den Inseln verkehrte und der ›Eolo‹ nur allwöchentlich zwischen Neapel und Messina pendelte, blieben ihm zur Überfahrt die Motovelieri, jene motorisierten zweimastigen Frachtschoner, die gemächlich übers Meer brummten, bei einer Brise gar ihre braunen Segel hißten.

Das Lulubé ließ sich dreimal zum weitaus näheren Porto Levante ›seiner Insel‹ Vulcano hinüberrudern. Es trug Staffelei und Schnappsack ohne Hilfe zur halben Höhe des – im krassen Unterschied zum Stromboli so ›zivilisierten‹ – Vulkans hinauf, zu einer natürlichen Terrasse, die Vulcanello, das Nachbarvulkanchen, überblickte. Dessen Solfataren entschwebte weißer Dampf, ätherisch wie Morgennebel. In diesen Tagen wurde ein Ölbild (1,20 zu 0,90 m) begonnen, das sich von allen früheren der zweiunddreißigjährigen Malerin Lulu B. Turian unterschied. Ihr mystisch tuender

Snobismus war abgetan. Sie entwarf einen nackten Mann.

Er war von der Schlackenfarbe des Vulkans, auf dem er stand, kräftig und rank, doch etwas vornübergebeugt, mit auffallend lang hängenden Armen. Um seine steile, Klugheit strahlende Stirn schwebte weißer Dampf, und um ihn waren Meer und Himmel eins. Kein tierhafter Höhlenmensch aus dem Diluvium, ein menschlich äußerst bewußter Höhlenmensch vielmehr, der von irgendwoher, aus einer ungeheuerlichen Enttäuschung oder einem großen Horror – Erfahrungen, die in sein unverhältnismäßig zierliches Gesicht eingemeißelt waren – sich geborgen hatte mit nackter Haut, zurückgefunden zur Erde, die ein rauchender Vulkan war. Er schien nicht nur seine Kleider abgestreift oder verloren zu haben; er schien einfach alles abgestreift oder verloren zu haben, aber grade deswegen sehr frei zu sein. (Merkwürdig, daß solche Aura von Freiheit sich schon im Beginnen dieses ›Porträts‹ offenbarte; wär's vollendet worden, hätte es das erste Meisterwerk seiner Schöpferin abgegeben.) Wiewohl der Mann zurückgefunden hatte zu einer vielleicht halbgöttlichen Unabhängigkeit, blieb er mehr der vulkanischen Erde zugewandt als dem Meer-Himmel-Eins. Denn er suchte etwas, das war evident.

Er suchte etwas.

In Porto Levante fand sich eine alte Frau namens Donna Raffaela – man hätte die Äolsinseln auch Inseln der Alten Frauen nennen können –, bei der die Pleinair-Malerin ihre ölfeuchte Leinwand zum Trocknen einstellen durfte. Gegen Abend traf das Paar in der Trattoria al M. Rosa wieder zusammen. Angelus brachte einige wenige Gouachen mit, keine Sujets aus Panarea, vielmehr Skizzen, auf deren jeder eine Fabelfigur schwamm oder schwebte in Wasser oder Luft. Es erwies sich, daß er an Deck der Lastschoner tätiger gewesen war als auf der ihm ›zugewiesenen‹ Langusteninsel. Er hatte seine Staffelei im Bug aufgestellt und die geschnitzten und bemalten, teils wahrhaftig in der Tradition phönizischer Kunst gehaltenen Galionsfiguren abkonterfeit. Auf seiner zweiten Rückfahrt, bei höherem Seegang, wäre seine Staffelei beinahe ins Meer geweht worden:»'s wäre nicht schad drum gewesen. Taugt sowieso nicht viel.«

»Was taugt nicht viel?«

Er schmunzelte in den lichten Bart: »Meine Staffelei.«

Auf Panarea hatte er wider Erwarten kaum skizziert, dafür einige alte Frauen beim Langustenfang beobachtet.

Es: »Und ich dachte, du würdest etwas in Grau-Rosa mitbringen.«

»Ich hab etwas in Grau-Rosa mitgebracht.« Ihr abendliches Wiedersehn, das waren Stunden des Lächelns für Angelus. »Vielmehr hatte es genau die Tönung, als es, hm …«

»Hm?«

»Als es noch lebte. Jetzt ist es karminrot wie ein Kardinalsrock.« Er kramte aus seinem Tragsack eine drittelmeterlange Languste. »Stell dir vor, für dreihundert Lire. Ich habe sie an Ort und Stelle kochen lassen, weil ich dachte, daß …«

»Hm?«

»Daß dir's vielleicht fatal sein könnte, solch ein lebendes Ungetüm ins kochende Wasser …«

»Weshalb hätte mir's fatal sein sollen? Ei ja, du bist ein Engel.«

Angelus schlenderte in den Hof zur Zisterne und bediente die Seilwinde und holte ein paar Eimer Wasser herauf wie ein Mann aus der Bibel. (Aprile hatte feierlich erklärt, daß die Haut all der jungen Frauen von Lipari eine so schöne sei, weil sie sich ausschließlich mit Regenwasser aus den Zisternen wüschen. Turian hatte sich die Frage verkniffen, wo denn all die jungen Frauen steckten.) Während Es Spaghetti kochte, holte er aus der Schenke einen Liter leicht schäumenden Capistello herauf, dann setzten sie sich auf die von Katzen durchstrolchte Drei-Säulen-Loggia und ›schlemmten für wenig

Geld wie die Götter‹. Wenn sie dann bei Aprile ihren Espresso nippten, gewahrten sie zwischen den Bimssteinbergen das abendgrün-goldene Vlies des Nordostmeers und am Horizont das eckige Feuerwerk des Stromboli, doch verloren sie beide kein Wort mehr darüber.

»Wie geht deine Arbeit vorwärts, Lulubé?«

»Ich stell sie nachmittags bei einer Donna Raffaela in Porto Levante zum Trocknen ein.«

»Was meinst du – wird's gut?«

»Keine Ahnung«, flunkerte Es.

»Was schaffst du eigentlich?«

»Was? Ich hab ja kaum erst begonnen – weiß es selber noch nicht recht«, flunkerte Es. An einem dieser Frühabende bummelten sie über den Kai von Lipari, hin an den Korkbojen der langen Fischernetze, die auf den Fliesen zum Trocknen lagen, dann durch den Vico Jove.

»Jupitergasse«, übersetzte Turian.

»Sogar zwei Hotels gibt's hier.«

»Hotels – etwas euphemistisch ausgedrückt.«

»Da: Albergo al Jove. Wahrscheinlich wohnt Mr. Crossman dort.«

»Wie kommst du darauf, Lulubé?«

»Ich könnte mir denken, daß er beim Jupiter wohnt. Wenn dem sein Olymp auch noch so bescheiden ist.«

»Soll ich nach ihm fragen?«

»Vielleicht zieht er einen Capistello mit uns«, sagte Es.

Turian fragte in den beiden Hotelchen vergebens nach Crossman. Man bummelte durch den Vico Venere.

»Venusgasse«, übersetzte er. »Da, Venusherberge. Vielleicht wohnt Mr. Crossman dort.«

»Wie kommst du darauf, Angelus?«

»Ich könnte mir denken, daß er bei der Venus wohnt. Wenn deren Olymp auch noch so schäbig aussieht.«

»Daß er viel Interesse an der Venus hat, glaube ich kaum.«

»Nein? ... Du hast recht, hier wohnt er auch nicht«, meldete Turian nach abermals vergeblichem Nachfragen.

»Vielleicht wohnt er gar nicht in Lipari.«

»Wo sonst?«

»Zum Beispiel hinterm Monte Rosa, im Bimssteinbruch von Canneto.«

»Das glaub ich kaum.«

»Oder er ist bereits abgesegelt.«

»Das glaub ich kaum.«

»Du bist heute abend das kaumgläubige Lulubé.«

»Es wär mir ein bißchen fatal.«

»Was?«

»Wenn er abgereist wäre.«

»Wieso?«

»Er ist mein Modell.«

»Crossman? Steht dir Modell?«

»Er steht mir nicht Modell. Immerhin stell ich mir vor, daß ich ... seine Erscheinung für meine Arbeit verwenden könnte.«

»Ein markanter Kopf.«

»Drum wär mir ganz angenehm, wenn ich ihn noch ein paarmal zu sehn bekäme. Möglichst auch mal bei Tageslicht.«

»Ah. Er hat doch erzählt, daß er an Ausgrabungen im Castello beteiligt ist. Soll ich morgen nachfragen?«

»Nein«, murrte Es plötzlich. »Ich werde dem Herrn Cromagnon nicht nachlaufen.«

Angelus schmunzelte in seinen Bart mit einem halbbewußten Gefühl von Befriedigung. In der fulminanten Dämmerung des folgenden Abends trafen sie den Engländer von ungefähr im Piano Greco.

Donna Luisa (so nannte Aprile Frau Turian nun) hatte das billige Göttersouper früher als sonst angerichtet, worauf man einen längeren Abendgang erwogen. Turian hatte Aprile befragt, ob Canneto Alberghi aufzuweisen habe. Das wurde verneint:

in Canneto wohnten vorwiegend Arbeiter aus den Bimssteinwerken, ›die Sklaven des Tommy Ferlazzo‹. – Wer das sei? – Der Bimssteinkönig von Lipari. – Tommy? – Ja, denn er habe lange in den Vereinigten Staaten geweilt.

Turian: »Vielleicht wohnt Crossman bei diesem Ferlazzo.«

Es: »Das glaube ich kaum. Wie ich ihn kenne –«
»Wir kennen ihn doch nur flüchtig.«
»– wohnt der bei keinem Bimssteinkönig.«
»Vielleicht auch in keinem Albergo.«
»Sondern?«

Angelus hatte etwas mokant gelächelt. »In einer Höhle.«

Sie waren am Sarazenenturm vorbeigestiegen, dann hinab in die Griechische Senke, ein seit Jahrtausenden bebautes Tal, in dem die Wein- und Olivenernte bevorstand. Von hier aus war keine Meerstraße nach Messina und kein Stromboli-Feuerwerk zu sehen; die frühe Dämmerung nahm rasch überhand, in einem heftig violetten Himmel prangte der üppig zunehmende Mond erstaunlich weiß bis auf eine kaum sichtbare Goldpatina, ließ die staubfarbnen Blättchen der anmutig verwachsenen Olivenbäume schemenhaft weißlich blinken. An einem zur jenseitigen Höhe abbiegenden Pfad ein Wegweiser in Gestalt eines wie

Silber schimmernden Bimssteinklotzes: Quattro Pani 7 km.

Den Pfad hinab schossen drei mondweiße Wesen. Albino-Vampire? Sie hetzten am Paar vorbei, drei jener halbwilden phönizischen Hunde mit Fledermausköpfen. Hinter ihnen kam einer herniedergestapft, vor dem die Cerneghi-Hunde offenbar flüchteten, ein Mann in einer kleinen silbernen Staubwolke.

»Hello there«, sagte Crossman so gelassen, als wäre man hier verabredet. Auffallend, daß er seine Sonnenbrille aufbehalten hatte.

»Tragen Sie eine Mondbrille?« versuchte Es auf englisch zu scherzen.

Er reagierte darauf nicht. »Ich war vier Stunden unterwegs. Oben in Quattro Pani. Ja, so heißt das sehr kleine Dorf. Es wirkte so armselig, daß ich es bezweifeln mußte. Ich meine, bezweifeln, daß sie dort oben vier Brote haben.«

»Eine Wanderung ins Blaue?« erkundigte Turian sich.

»Nein. Eh-rr, ich hatte vernommen, daß es dort oben einen winzigen Friedhof zu besichtigen gebe.« Auf Crossmans Brillengläsern funkelte die violette Dämmerung.

Ob er seinen Vater gefunden hat? durchfuhr's das Lulubé.

»Und hat sich«, fragte Es vorsichtig, »die Besichtigung gelohnt?«

»Gelohnt? Vielleicht. Insofern, als auf dem märchenhaft kleinen Friedhof ein stattlicher Obelisk aus Lavastein zu finden ist. In den sind neunzehn Namen eingraviert. Von meist ganz jungen Männern, die in Rußland gefallen sind oder vermißt. Neunzehn Bauernjungen aus Quattro Pani, das kaum hundert Einwohner zählt.«

»Horrible«, sagte Angelus.

»Scheußlich«, sagte das Lulubé.

»Scheußlich? Völlig absurd«, verbesserte Crossman.

»Absurd in der Tat«, bekannte Turian. »Hätten Sie Lust, mit uns ein Glas Capistello zu trinken?«

Crossman erwiderte merkwürdig förmlich: »Thank you, sir, very sorry, but I feel a bit tired.« Er wünschte guten Abend und entfernte sich auf dem in Richtung des Monte Guardia führenden Karrenweg.

»Liebes, warum hast du ihn nicht gefragt, wo er logiert?«

»Das, Angelus, wäre deine Sache gewesen.«

Die drei Hunde, sie hatten sich nicht davongemacht, sondern am Wegrand hingekauert. Ihr gelbes Fell schimmerte durchaus weiß, mit einem Hauch von Goldpatina, unterm zunehmenden

Mond von Lipari. Als der Dämmerwanderer sich ihnen näherte, stoben sie erst davon, nachdem sie ihn mehrmals zärtlich umhüpft hatten. Sie sind nicht vor Crossman geflohen, dachte Turian, im Gegenteil: sie begleiten ihn.

Er hat sie abgerichtet, dachte er, Crossman nachblickend. Auch dessen Tropikal-Leinen schimmerte wie der Mond, weiß, mit einem Hauch von Goldpatina. Eher wird der Mond auf uns kommen, als wir zu ihm …

»Er hat sie abgerichtet«, raunte das Lulubé.

»Gedankenübertragung. Ich dachte in der Sekunde das gleiche. Warum sprichst du übrigens so leise?«

»Er hat sie abgerichtet. Als Spürhunde.«

## 8

Am nächsten Morgen blies der Schirokko über die Äolsinseln: jener ungute afrikanische Faulwind, der die Turians an den ›Dämmerföhn‹ der Innerschweizer Seen erinnerte. Er brachte eine unheimliche Schwüle mit. Sog alles Farbenprunken aus dem Tag, dessen Vorgänger wie ein Tag unvergänglichen Sommers gewesen war. Über den Himmel schob sich spinnwebenhaftes Gewölk, durch das die Sonne bleigrau niederbrütete, das Meer schwärzlich schillern ließ wie Obsidian. Vom heiß geblähten Wind aufgerührt, trug sein Gewoge jauchefarbene Gischtkronen, ein dezentralisierter Gestank von Fischaas wehte von der Mole herauf. An eine Überfahrt nach Panarea oder Vulcano war nicht zu denken. Turian schulterte seine gebrechliche Staffelei (die neue seiner Frau war bei jener Donna Raffaela in Porto Levante abgestellt), murmelte etwas von einem vagen Vorhaben, sich am Sujet ›Kastell bei Schirokko‹ zu versuchen. Das Lulubé verspürte Kopfweh statt Arbeitslust: Da man nicht einmal schwimmen gehn könne, gedenke Es, unten ein paar Einkäufe zu machen. Gegen Abend blies der Schirokko noch immer. Turian rückte schlaffen Schritts heran, holte mit schlaffen Griffen Wasser aus der Zisterne herauf, machte schlaff Toilette. Die Frau hatte sich Aspirin gekauft und ein spottbilliges kurzes ärmelloses Kleid aus malvenfarben bedrucktem Kattun, eins von der farbfrohschmucklosen Sorte, die junge einheimische Arbeiterinnen aus den Bimssteinwerken zur Arbeit zu tragen pflegten. Bloß ein Arbeitskittel, die Farbe habe Es zu Ehren Kerubins gewählt. Dankschön, lächelte Turian schlaff, aber seine Leibfarbe blühe ferner jedem Blau. Er zeigte eine Aquarellskizze, nach Taschistenmanier verfertigt; sein liebes Rosa ›blühte‹ hier nicht; eine Komposition von Flecken und Linien, in Mausgrau, neutralem Schwarz und jauchigem Gelb gehalten. Was das vorstelle? Nun, das Kastell bei Schirokko, ein erster Versuch. Das Lulubé ließ einen Maunzton hören. (Es hegte ein starkes Mißtrauen gegenüber Den Abstrakten. Es verdächtige ihrer manche, ›in Abstrakt zu machen‹, weil sie außerstande seien, einen Akt zu zeichnen.) In Apriles Schenke nahmen sie den Aperitif, und der Padrone nannte den Schirokko fete di formaggio, ›einen Käsestinkwind‹, der wohl noch bis morgen anhalten werde. Das dabei auftretende Augenbrennen rühre von den feinen Sandkörnern her, die er mit sich führe und an denen junge Eidechsen oft erstickten. Auch wenn man nicht zu den Eidechsen gehöre, sei besser, man setze sich herein. Das Paar setzte sich in die Nebenstube und blickte durchs gesprungene Glas des heute geschlossenen Fensters nordostwärts zum Stromboli-Zacken am Horizont. Ob er rauchte, blieb dahingestellt, denn der ganze Himmel rauchte Spinnweben. Von jenem griechischen Abendwerden, da ›die Venus aus der Muschel steigt‹, war heute kein Hauch spürbar. Der Horizont erschien gar nicht soviel ferner als ein Rheinufer, vom andern aus betrachtet. Wenn auch der Stromboli so trughaft, so bedräuend nah über die Kimmung zackte, man ließ ihn nach wie vor unerwähnt. Frau Turian wunderte sich darüber, daß der Stromboli so nah gerückt schien und Crossman so fern entrückt, so verschwunden, und ihre Verwunderung fühlte sich an wie eine kleine Verwundung.

Die ganze Nacht fuhr der Schirokko durch die Loggia wie ein Betrunkener, der sich bei später Heimkehr vergebens zu schleichen bemüht; in den Kammern ballte sich würgende Schwüle. Einzig nachtschwärmende Kater schien er toll zu ermuntern, ihre Jaulkaskaden gellten bis in den lichtarmen Morgen hinein, und den zweiten Tag blies der

Schirokko, und von der Mole wehte der dezentra-
lisierte Fischaasgestank herauf.

Das Lulubé kämmte sein Haar mit dem spanischen
Kamm. Es hatte sonst nichts zu tun. Angelus war
nach dem Lunch nach Marina Lunga hinabgestie-
gen, um sich abermals vom Kastell inspirieren zu
lassen. Das Lulubé saß im Hof auf dem Zisternenrand und kämmte nach Lorelei-Manier das meter-
lange, zwar nicht goldene, dafür schwarzglänzende
Haar, das einen Schimmer von Goyarot getragen
hätte, wäre der Schirokko nicht als Farbentöter
aufgetreten. Es dachte, eigentlich bin ich auch,
auch von hier unten, kurios, daß ich letzthin nie
daran gedacht habe; ei ja, die Mutter meiner, ach,
einäugigen Mutter war Neapolitanerin; die ist
durchgeschlagen in mir … Heute drechselte Es
keinen kunstvollen Nackenknoten (zu backofen-
schwül, um solch ein Paket im Nacken zu schlep-
pen), verspürte wie immer, wenn eine begonnene
Arbeit nicht vorankam, nagende Unruhe. Aus der
Trattoria drang ein regelmäßiges Röcheln. Schnar-
cher Aprile, der sein ausgedehntes Mittagsschläf-
chen hielt. Gottverdammich, dieser Schirokko,
dem werd ich einen Streich spielen und den gestern gekauften Ramsch anlegen; dessen Farbe zu
töten wird ihm mißlingen. – Eine halbe Stunde

später kauerte das Lulubé vor dem Sarazenenturm, hinaufgeschwungen auf ein Stück Mauerruine. Heute wirkte das Turmgemäuer verändert, wie über Nacht mit Schimmelpilz überzogen. Eidechsen, die, näherte man sich sonst, im Hui in uralten Mauerritzen verhuschten, ihrer drei kleinere krochen wie halb gelähmt an der aufgestützten Hand der Kauernden vorbei. In den filzigen Blättern des Maulbeerhains schlürfte und schlabberte der faule Wind, blies das billige Kleid, dessen Farbe allerdings nicht zu töten war, über die bloßen Knie hinauf, die Haut wie mit heißen sabbernden Zungen beleckend. An den nackt baumelnden Füßen schlenkerten Zoccoli. Dann, plötzlich, schlenkerten sie nicht mehr.

»Hello«, sagte Crossman. »Ich hab Sie auf den ersten Blick nicht erkannt.«

Er war aus dem Maulbeerhain getreten, der den maurischen Turm umgab, sehr langsam. Auch sie, Lulubé, hätte ihn vielleicht nicht auf den ersten Blick erkannt, denn er trug anstelle des Tropikal-Leinens einen durchschwitzten, frisch verschmutzten grauen Overall; doch sein Gang und das kaum merkliche Pendeln seiner Arme waren unverkennbar.

»Hel-lo, Mr. Crossman«, sagte sie gedehnt. »Heute sind Sie ohne phönizische Meute.«

»Woher können Sie eigentlich so gut Englisch, lady?«

»Ich war ein Jahr lang in einem Pensionat in Bournemouth.«

Auch seine Zerstreutheit war unverkennbar:

»Ohne phönizische – was, wenn ich fragen darf?«

»Als wir Sie im Piano Greco trafen, liefen Ihnen doch drei von diesen halbwilden Cerneghi voraus. Es sah sich an, als hätten Sie sie abgerichtet.«

»Für den Zirkus?«

»Hi, nein. Als … als Jagdhunde.«

»Oh.« Es klang wie ›Au‹. »The hunting is over, my dear lady.«

Er starrte durch die obligate Sonnenbrille auf seine schweren, mit Lehm oder Ähnlichem bekrusteten Stiefel. Auch sein Gesicht ist heute wie von Schimmelpilz überzogen! Langsam blickte er auf, unverkennbar an ihr vorbei, dann zum Himmel.

»Die Sonne – ist heute eine graue Spinne, die in ihrem schaukelnden Netz hockt.« Er wiederholte den Satz; jetzt erst verstand sie ihn ganz. »Ausgerechnet diese Spinnensonne hat es an den Tag gebracht.«

Er wiederholte den Satz, anscheinend ohne Absicht, ihn ihr verständlich zu machen, vielmehr mechanisch. Sie verstand die englischen Wörter, den Sinn erfaßte sie nicht.

Er verharrte zurückgeneigt, mit lang hängenden Armen, und ihr war, als atme er etwas unregelmäßig. Der Schirokko hatte seinen falben Scheitel zerwühlt, ließ ihr Haar schlaksig flattern wie eine feuchte Fahne, aber er beachtete es nicht. Sie ließ absichtsvoll die Zoccoli an ihren Zehen schlenkern, aber er beachtete es nicht, wandte sich phlegmatisch dem Turm zu.

»Gute Maurer waren diese Mauren. Haltbares Material. Kennen Sie den Eschmuntempel auf der Byrsa von Kart-Chadascht beziehungsweise Karthago?«

»Nein.«

»Von den Puniern angelegt. Weit mehr als tausend Jahre bevor dieser Turm erbaut wurde. Äußerst haltbares Material.« Er atmete leichter.

»Mr. Crossman, als Sie uns vor ein paar Tagen von hier aus zuwinkten, wir standen dort, dort unten an unserer Zisterne im Hof – erinnern Sie sich?«

Er, fahrig, dumpf: »Ich, ja, erinnere mich.«

»Da kamen wir gerade von San Vincenzo retour. Wir sind den Morgen auf dem Stromboli gewesen. Ganz oben!«

Es schien auf ihn keinerlei Eindruck zu machen. »Ja, ich erinnere mich«, leierte er. »Dieser Signor Aprile – so heißt Ihr Padrone doch?«

»Domenico Aprile.«

»Richtig. Dieser Herr, der mich an einen April-sonntag erinnerte, an den ich nicht erinnert sein wollte ... Sie erinnern sich, Mrs., eh, Turian?«

»Natürlich.«

»Der Kerl signalisierte, wenn ich nicht irre, mit zwei Spiegeln. Mit zweien. In denen die sinkende Sonne heftig reflektierte.«

Sie ließ ihr weiches, ihr miauendes Falsettlachen hören. »Er signalisierte nicht.«

»Sondern?«

»Hi, er wollte uns eine Narbe zeigen, die ihm vor Jahren die Maffia beigebracht hatte. Er suchte seine alte Narbe, hi, aber er konnte sie nicht mehr finden.«

»Good for him. Wohl dem, der seine alte – Narbe – sucht – und nicht – mehr – findet.« Er brachte es stockend, zugleich leiernd hervor. Dann: »Wie kommen Sie darauf, daß ich drei von den so-genannten phönizischen Inselhunden abgerichtet haben soll?«

»Wie? Nun ... wenn wir solchen bei Spazier-gängen begegnen, weichen sie immer gleich mit eingezogenem Schwanz vom Weg ab wie ertappte Diebe. Wenn man vorbei ist, kläffen sie einem hin-terher. Und nachts erst ... Aber den Herrn Cross-man umhüpfen sie, ohne Laut zu geben.«

»Richtig; sie sind äußerst mißtrauisch. Werden ihre Erfahrungen gemacht haben. Mit uns. Ich meine ›uns‹ im allgemeinen. Wußten Sie, daß von Zeit zu Zeit manche dieser oft herrenlosen Cerneghi oder Mondhunde – so nannte sie Malaparte – von der Polizei abgeknallt werden?«

»Nein.«

»Ich sah drei, die zur Hinrichtung geführt wurden, und kaufte sie von den Karabinermännern billig los und zähmte sie mir ein klein bißchen, das ist alles. Weil ich keine Exekutionen schätze, das ist alles.«

Er wandte sich fast brüsk ab, und sie kam sich brüskiert vor und, auf der maurischen Mauer hockend, wie ein Mauerblümchen. In einer eigentümlichen Schlingerbewegung des völlig farblosen Körpers, anders als Eidechsen sich bewegen, kam ein dreifingerlanger Gecko auf seinen platten Lamellenfüßen die Mauer lotrecht hinaufgekrochen. Seine lange Zunge träg vorschießen lassend, schlabberte er eine dicke Ameise auf. Vielleicht hätte eine andere Mitteleuropäerin aufgekreischt; Lulubé war nicht so. Sie folgte Crossmans Blick (falls er überhaupt irgendwohin blickte) und sah auf die flachen Dächer, auf denen das Regenwasser gesammelt wurde, auf den ›angewandten Kubismus‹ des Hafenstädtchens Lipari hernieder, und dies entsprach von hier aus und heute ihrer Vorstellung einer afrikanischen Stadt (das falbe Meer war Wüste) bei Samum (oder wie der Wüstenwind hieß), und sie verspürte Neugier und Fernweh nach einem (von hier gar nicht fernen) Afrika, das sie nie gesehn hatte, begriff das Benehmen dieses John Crossman nicht, der ihr da ungentlemanlike den falben Rücken kehrte. Er stand etwas vornübergebeugt und prüfte, wie es schien, zum Castello hinüber: gleichsam sprungbereit. Sie glaubte dem kaum merklichen Zucken seiner breiten Schultern anzusehn, daß sein Atem wieder rasch und unregelmäßig ging, womöglich eine Art Schirokko-Asthma, und sie sah ein Stück Kai von Marina Lunga und hier und dort einen winzigen Spielzeug-Esel aufgestellt und ein Gewimmel von zwischen langen schwärzlichen Schnüren, Fischernetzen, kauernden Männchen und abseits von ihnen, näher zum Kastell gerückt, einen ruhenden mattrosa Tupfer, immerhin eindeutig rosa in all der Fahlheit, und sie dachte, das ist Kerubins Zwirnpullover, und sagte mürrisch: »Da unten, the pink little man, vom Kastellfelsen linkerhand, das ist mein Gatte.«

»Au.«

»Er malt das Kastell. Abstrakt«, murrte sie.

»Abstrakt. Das Kastell. Sehr interessant in der Tat. Wissen Sie, was?« Der Abgewandte litt hörbar unter Atembeschwerden. »Es gibt nichts Abstrakteres – eh-rr-rrr – als den Tod. Und den – hab ich gefunden. Gestern. Im Kastell … Die Jagd ist aus.«

Crossman hatte sich die Sonnenbrille förmlich abgerissen, sie in die Brusttasche des Overalls gestoßen, der über der Brust klaffte. Dabei war ihr aufgefallen, daß er weder Hemd noch Unterhemd trug, im selben Moment das Entzündete seiner Augenhöhlen, die leichte Schwellung, die sie verengte. Kurzatmig hatte er sich noch zu dozieren bemüht: Jeder Archäolog sei Paläontologe dazu, müsse stets darauf gefaßt sein, bei seinem ditching, ditching, ditching, Graben nach verschollenen Kulturen auf abgestorbene Lebewesen vergangener Tage zu stoßen, you see? Sie hatte nicht gleich ›gesehn‹; da war er der erhöht Kauernden nähergekommen, bis sie die schweißglitzernden Härchen auf seiner vom Sonnenbrand verschwärzten Brust unterscheiden konnte, schnuppern den fadschwefligen Geruch aufgebrochener Schlacke. Im Kastell fänden doch archäologische Grabungen statt, nicht wahr? Was für ihn halbwegs ein Vorwand gewesen sei, von Pantelleria herüberzusegeln. Gut und schön, gestern sei man bei solchen Grabungen in seiner Gegenwart von ungefähr auf ein kleines Massengrab gestoßen. Auf ein ›relativ junges‹; die Sache werde behördlicherweise noch geheimgehalten. Elf – sagen wir – Skelette in Überresten von Häftlingsuniformen aus der Faschistenära. Anhand eines Amuletts habe er seines Vaters Gebeine identifiziert.

Lulubé stieß einen ganz kleinen spitzen Schrei aus, ähnlich dem Pfiff der Murmeltiere, die sie in den sommerlichen Hochalpen so oft belauscht hatte. Dann plapperte sie gepreßt drauflos: »How awful, how terrible, mein armer John, so etwas hab ich meinen Lebtag nicht gehört, simply ghastly, besteht denn gar kein Zweifel?«

»Gar keiner.«

Es tönte hohl und dumpf wie aus einer Höhle. – Vater habe an einer Halskette immer eine zerbeulte Silbermünze auf der Brust getragen, eine Halbe Krone. 1915, während einer Schlacht in Frankreich, an der er als Secondeleutnant eines Yorkshire-Regiments teilgenommen, habe die große Münze in der linken Brusttasche seiner Uniform gesteckt, in der linken. Eine preußische Gewehrkugel habe den Stoff durchschlagen, sei am Silberstück abgeprallt. Zur Erinnerung an solch wunderbare Bewahrung vor einem Herzschuß habe Vater es in den Rang eines Amuletts erhoben. »Sie haben es dem Gekillten gnädigerweise belassen.«

»Könnte«, zwitscherte sie atemlos, »er es nicht verschenkt haben?«

»Unmöglich.« Zudem habe er, John Crossman, den Professore Bompiani, einen derzeit auf Lipari arbeitenden römischen Kollegen, ersucht, die Maße des ›Funds‹ festzustellen. Er selber habe sich nicht dazu aufraffen können.

»Mein armer John!«

»Vater hatte ziemlich lange Arme, die, eh, hab ich von ihm geerbt. Und maß fünf Fuß elf. Es stimmte alles.«

»Mein armer-armer-armer John!«

»Wie ist Ihr Vorname?« seine unvermittelte Frage.

»Lulubé.«

»Lou-lou-bay? Au … Willst du mir helfen, Louloubay?«

Die Engländer duzen niemanden außer dem Lieben Gott. Das intime Du gibt sich allein als Timbre kund. Diese Klangfarbe nahm sie wahr.

»Natürlich will ich. Wenn ich kann.«

»Du kannst.« Er starrte zu ihr auf aus seinen Augenhöhlen, und die Winkel seiner verpreßten Lippen zuckten, sie mußte an einen kleinen Jungen denken, der zu stolz ist, um loszuheulen vor einem unfaßbaren Schmerz oder Ekel. Plötzlich wurde sie gewahr, daß er zu ihr auf-, an ihr niedersah, als erblicke er sie jetzt erst: ihre Haarfahne, das leicht geschürzte Kleid, die Zoccoli.

»Ausgerechnet heute, an diesem grauen-grausigen Tag«, sagte er verändert, »siehst du aus wie ein Girl von Lipari. Vielmehr, eh, wie man sich vorstellt, daß eine Äolsinselschöne aussehn könnte. Könnte. So jung und ganz ungeschminkt. Wie alt bist du, Louloubay? Fünfundzwanzig?«

»Etwas älter.«

»Ich bin fünfunddreißig. Bitte die Frage zu vergeben, würdest du's als Belästigung empfinden, von einem Fremden wie mir geküßt zu werden?«

Ihr miauendes Auflachen erstickte. Noch unterm Eindruck des eben gehörten Schauerlichen hätte sie kein Lachen gewagt. Die echt englische Männerumständlichkeit der Frage forderte sie dazu heraus. Jetzt machte er keine Umstände mehr.

Er hob sie von der Sarazenenmauer, und sie merkte, daß Crossman ein starker Mann war, und er küßte sie, und sie merkte, daß er ein wilder Mann war, Der Wilde Mann, und ihre ungeschminkten Lippen blieben in einem in Faszination erstarrten lautlosen Lachen offen über außergewöhnlich gesunden und ebenmäßigen Zähnen. Und er küßte und trug sie zwischen Feigenbäumen und Opuntien-Kakteen und Mauerstücken, auf denen kleine tote oder scheintote Eidechsen verstreut lagen, gelähmt oder erwürgt vom Schirokko, über weite Stufen, von jahrhundertealten Tritten ausgetretenes Katzenkopfpflaster hinab bis nahe zur Piazza San Bartolo. Er riß ihr die Zoccoli von den Füßen, damit sie sie nicht verliere, klemmte sie unter den Gürtel des Overalls wie zwei Handgranaten. Er bewegte sich nicht mehr ziehend, sondern in einer Art federnden Seemannslaufes, zuweilen hüpfend, zum Meer hinab, nicht nach Marina Lunga: unter Umgehung des Kastells nach Marina Corta, und immer wieder küßte er sie wild, seine Bürde, wie ein Verrückter, fast ohne sie abzusetzen.

An der Mole von Marina Corta war Lulubé noch nie gewesen. Sie hatte die Holzpantinen wieder angelegt, klapperte hinter ihrem ›Entführer‹ drein, an irgendeinem Denkmal vorbei über einen Kaiplatz, auf dem, konzentrierter als am Langen Strand, ein behäbiges Getümmel war von nacktarmigen Fischern, die, assistiert von meist älteren oder alten Frauen in Schwarz, ihre bis über hundert Meter lang entrollten Netze ausbesserten, schadhafte Korkbojen ersetzten. Niedliche Esel, mehrere Meter hoch beladen mit zusammengerollten Netzen, standen umher mit überaus stoischen Mienen, die besagen konnten: der Schirokko kann mir was blasen. Zur Linken, am Fuß der fast lotrecht abfallenden Riesenmauer des Kastells, ein langgestrecktes Gewölb, derzeit menschenleer, Dämmerung hinter den Rundbögen.

»La Pescheria«, sprach Crossman über die Schulter, abermals verändert. »Hier, das älteste Fischereizentrum von Lipari.« Er hatte sich die Sonnenbrille wieder aufgesetzt und schien damit seiner früheren Zerstreutheit verfallen.

Lulubé, unwillkürlich gaffte sie an der ungangbar steilen Kastellmauer empor. War Crossmans Blick dem ihren für Sekunden gefolgt? Was ihn betraf, schien dies Kapitel nicht mehr zu existieren …

Entschuldigungen murmelnd, stieg er über Netze weg, stapfte auf einen kurzen Pier hinaus, an dessen Ende eine zauberische Kapelle ins Meer gebaut war – hübschestes Bauwerklein, das sie bislang auf der Insel entdeckt hatte.

»Santi Cosma e Damiano«, stellte er phlegmatisch vor. Hinter der Kapelle zweigte, parallel zum Kai, ein gedeckter Boot-Anlegesteg ab. Der Mann im Overall spähte über den kleinen Port hin, über die unterhalb des Piers und der Kaimauer auf den Kieselstrand gezogenen Fischerboote. Barfüßige Fischer mit aufgekrempelten Hosen teerten sie oder flickten an der Takelage herum.

»He! Bartolo!« rief Crossman volltönend.

Ein schöner Bariton antwortete: »Professore! Professore!«

Auf den Pier kam ein junger Gott in einem grauen zerrissenen Netzleibchen gesprungen, winkte mit beiden tätowierten Armen. Crossman besprach sich mit ihm. Der junge Gott, einen Zahnstocher im Mundwinkel, äugte mit bedenklicher Miene auf die See hinaus. »Mare in tempesta, professore«, murmelte er und noch etwas. Zuckte die Achseln, nickte, grinste scheu, sprang von der Mole.

»Der Wind hat gedreht«, sagte Crossman. »Wir segeln in zehn Minuten.«

»Hat er nicht etwas von ›stürmischem Meer‹ gesagt?«

»Ja. Aber der Schirokko flaut ab.«

»Das nennt er stürmisch? Hab ich mich getäuscht, hi, guckte er nicht etwas ängstlich aufs Meer hinaus?«

»Kann sein«, sagte Crossman abwesend, kramte die MacArthur-Pfeife aus dem Overall.

»Auch vor dem Stromboli haben sie höllische Angst hier. Ich wußte es nicht – aber sind sie nicht überhaupt etwas ängstlich, diese Sizilianer?«

»Kann sein. Erfreulich für sie. Vorsicht ist die Mutter der Weisheit. Mut … ist ja oft nichts weiter als der Bombast, mit dem die Angst verdrängt wird. Bartolo ist ein prächtiger Segler.«

»Wohin segeln wir denn?«

»Nach Vulcano hinüber.«

»Das ist ja meine Lieblingsinsel«, jubelte sie atemlos, piepsig.

»Um so besser«, bemerkte er trocken.

»Ich hab mich auch schon nach Porto Levante rudern lassen.«

»Bartolo rudert bloß bei Windstille. Sonst bewährt er sich als wirklicher Segelkünstler. Ich klapperte mit ihm diese Windinseln ab, als ich meine Nachforschungen anstellte ...« Er verstummte.

»Weshalb hier so viele Bartolo heißen«, plapperte sie mit Bewußtsein drauflos. »Piazza Bartolo. Bartolino hieß unser Bergführer.«

»›Der Sohn des Tholmai‹, Bekannter von Jesus gewesen. Apostel Bartholomäus, Schutzheiliger der Äolsinseln. Nach der Legende in Arabien zu Tode gemartert, eh-rr, seine Leiche in einem Sarg ans liparische Ufer geschwemmt.«

Er starrte am Kapellchen vorbei aufs Meer, das etwas Saphirglanz zurückgewonnen hatte, keinen jauchigen Gischt mehr herspie:

»Das alte Lied Martyrium.« Er leierte wieder: »Der eine schwimmt in einem Sarg her, der andre schwimmt in einem Sarg weg, zweitausend Jahre Differenz, was ist das schon für unsereins.«

»John! Hast du nicht vorhin gesagt, ich soll dir helfen?«

»Das hab ich wohl gesagt.«

»Dann denk jetzt nicht dran.«

»Werde mein Bestes versuchen.«

Der allgegenwärtige Gestank von Fischaas hatte sich verflüchtigt, doch wehte aus dem Meer ein seltsam animalisches Miasma, Raubtierdünstung verwandt. Das Boot war langgestreckt wie ein Oberrhein-Weidling, mit einem Mast, an dem eine Strickleiter hing, und einem einzigen rechteckig-rostbraunen geflickten Gaffelsegel. In den Bug war eine andere Leiter gerammt: ein einziger Pfahl mit Zinken, wie eine Bärenleiter im Zoo. Zwischen Mast und Steuermannssitz im Heck gab eine verschwärzte Zeltplache ein Sonnendach ab. Bartolo kreuzte auf Vulcano und dessen kleinen Bruder Vulcanello zu wie ein zerlumpter besorgter junger Gott. Doch Lulubé hatte kaum einen Blick für ihn, obwohl Crossman sich an Bord ihr gegenüber sonderbar unpersönlich verhielt. (Als hätte er mich nie geküßt wie ein Wilder!)

Er hatte sich die Stiefel ausgezogen, bewegte sich in weißen Socken auffallend sicher, fast anmutig längsschiffs hin und her, duckte im Kreuzen behende unter der Plache durch. »Seemann gewesen, John?«

»Wie kommen Sie darauf, lady?« (Er duzt mich nicht mehr!)

»Weil – Sie sich so sicher bewegen.«

»Künstler, gute Beobachter.« Er sog achtlos an der ungestopften Pfeife. »Stimmt; hab mich beizeiten dran gewöhnt, keinen festen Boden unter den

Füßen zu haben. Mit neunzehn zur Royal Navy gekommen. Domenico Aprile. Eines Aprilsonntags im Kriegsjahr dreiundvierzig, wenige Seemeilen von Rockal-Bank, hörten wir sechzig Mann, U-Boot-Klasse A, Wasserverdrängung elfhundertzwanzig Tonnen, hörten wir fünf Stunden lang die Engel pfeifen, aber nicht im Himmel.«

»Sie waren U-Boot-Matrose!«

»Beizeiten daran gewöhnt, keinen Himmel überm Kopf zu haben. Darum fiel mir später verhältnismäßig unschwer, das zu werden, worauf Mr. und Mrs. Turian tippten. ›Crossman, der neue Höhlenmensch‹ …«

Er hatte sich in den Bug gestellt, hielt sich an einer der abgegriffenen Holzzinken der ›Bärenleiter‹:

»Wissen Sie, was das hier ist? Ein Anstand, von dem sie die Schwertfische harpunieren. Im Juli, wenn die Schwertfische in den Flitterwochen sind, in Liebeslaune aus der Meerestiefe steigen. Dann stechen sie sie … Haben Sie je zwei verliebte Schwertfische gesehn?«

»Nein.«

»Überaus formschön. Etwas für einen Maler. Indiskrete Frage. Kann man in der Schweiz mit Bildermalen sein Leben verdienen?«

»Schwerlich. Angelus verdient dazu, indem er

für unsre Verkehrspolizei Schilder malt. Parkverbotstafeln und so.«

»Au«, machte er; »ich sehe. – ›Achtung, Parkverbot! Ruhe, Spital! Schule! Irrenanstalt, nicht hupen! Zuchthaus! Krematorium!‹«

Er leidet unter einer Schockwirkung, dachte Lulubé.

Sein kurzes Haar flatterte leicht und ihr langes mächtig, aber er beachtete es nicht. Sie sagte ihm, daß sie durstig sei. Er rief Bartolo etwas zu. Der vertäute das Steuer, zog eine bauchige Korbflasche unter der Plache hervor, entkorkte und reichte sie ihr feierlich. Sie hockte sich hin und stülpte die Flasche mit beiden Händen übern Mund, sicher, daß sie Wein kosten werde, aber es war lauwarmes Zisternenwasser. Sie trank in großen Schlucken, und ihr Durst schwand, indessen schwoll in ihr ein Gefühl von Angetrunkenheit auf, ganz so, als hätte sie Wein in großen Schlucken getrunken. Sie reichte die Flasche dem Segler zurück: »Grazie«, und er verneigte sich feierlich, bevor er das Steuer enttäute. Sie krabbelte durchs schräg hingleitende Boot nach vorn, unter dem wie Sphärenmusik summenden Segel hindurch, zu Crossman zurück. Die Sonne, die keine graue Spinne mehr war, brach durchs zerrissene Wolkengewebe, ließ sein wie aus Bronze gegossenes Haupt erglänzen.

Vielleicht war es deshalb. Weil sie sich von ein paar Schlucken lauwarmen Wassers schlicht betrunken fühlte. Vielleicht gemahnte er sie deshalb so heftig an den Wilden Mann, als der auf seinem Floß den Rhein herabgekommen war …

»Kinder«, sagte Crossman über die Schulter, »Kinder haben Sie also keine.«

»Nein. Aber fünf Kanarienvögel.«

»Au.«

## 9

Sie gingen am schmächtigen Pier von Porto Levante an Land. (Ach, die anmutig nichtigen Piere der Windinseln, wie getarnte, wie Seeräuberpiere!) Crossman fragte Bartolo, ob er zwei bis drei Stunden zu warten geneigt sei, da man einen Inselrundgang vorhabe, womöglich eine Besteigung des Vulcanello. Der junge Gott verkündete, er habe Zeit; heute fahre man nicht aus, auch nachts nicht; für morgen erwarte man nämlich den großen Fischzug, die großkalibrigen Thune. Der Engländer wechselte mit ihm noch ein paar Sätze (er sprach, wiewohl mit Akzent, fließend Sizilianisch), sagte »Ciao, Bartolo!« und zur Frau »Let's go«.

Soll ich ihn zu Donna Raffaela führen, ihm das begonnene Bildnis zeigen? Schon klapperte sie an seiner Seite auf die einsame Landenge zu, die von Porto Levante, dem ›Osthafen‹, zum ›Westhafen‹ Porto Ponente hinüberführte, zwischen dem größern und kleinern Vulkan hindurch – wie willenlos.

Seit wann ist Lulu B. Turian willenlos?

Die Landenge war eine Sandpiste, mit auffallend vielen Ginsterbüschen bewachsen, eine schmale weglose Wüste: während der Winterstürme wurde sie vom Meer überspült. Der Mann stapfte in seinem schweren Schuhwerk bedächtig durch den silbergrauen Sand, die Frau schlenkerte ihre Holzpantoffeln in den Händen. Einzig ein Ochsenkarren begegnete ihnen; der bewegte sich mit einer Stundengeschwindigkeit von etwa einem halben Kilometer fort.

»Morgen wird er kommen.«

»Wer?«

»Der Großthunschwarm.«

»Woher weiß Bartolo das so genau?«

»Erstens laichen sie um die Zeit hier herum und bei Sardinien. Zweitens ist ihr Futterfisch schon vor dem Schirokko gesichtet worden.«

»Futterfisch?«

»Eine Sardinenart, die die großen Thune mit Vorliebe verspeisen. Eh, die großen Thune, die ihrerseits Futterfische sind.«

»Für uns.«

»Nicht nur für uns. Es gibt noch andre Räuber ...«

Sie blinzelte von der Seite zu ihm auf. Das unter der hohen Stirn verhältnismäßig zierliche, gut geschnittene Halbprofil wirkte nicht mehr verwischt und verschimmelt wie vorhin am Sarazenenturm. Es hob sich als schillernde Bronze ab vom Massiv des Vulcanello, das zusehends seine Schwefelfarbe zurückgewann. Hätte das dunkle Glas nicht seine Augen kaschiert, sie wäre sicher gewesen, daß Crossman, der deutlicher mit den Augen zu lächeln pflegte als mit den Lippen, – daß er lächelte.

»Zum Beispiel?«

»Haie.«

»Haie verspeisen große Thune?«

»Bluesharks. Menschenhaie, ja. Es kommt oft vor, daß einzelne Menschenhaie mitschwimmen mit einer Thunherde, tausende Seemeilen weit, gewissermaßen verkleidet als Thune … verstehst du, Louloubay?« Es war offenbar, daß er sie wiederum duzte. »Und wenn sie Hunger haben, verleiben sie sich einfach den einen oder andern ihrer Mitwanderer ein. Ohne viel Umstände, amen. Dann schwimmen sie unauffällig mit der Thunherde weiter.«

»Horrible!« piepste sie fasziniert.

»Die Natur lebt jenseits von horrible. Horribel ist allein, daß w-i-r uns nicht höherentwickelt haben. Daß wir's genauso machen. Als Biedermann, Geschäftsmann oder Beamter getarnt, zerreißt man seinen Nebenschwimmer ohne Umstände, amen; wandert mit den Hinterbliebenen unauffällig weiter. One, two, three, Shakespeare.«

»John – ich glaube nicht, daß ich in meinen Zoccoli auf den Vulcanello kann.«

»Du mußt nicht, Louloubay. Bei dem Wetter würd ich selber mich lieber in eine Höhle verkriechen wie ein weiterumgekommener Löwe.«

»Weißt du, als ich zum erstenmal auf Vulcano an Land ging, dacht ich gleich, hier muß es welche geben.«

»Löwen?«

»Höhlen.«

»Eh-rr; ist dir bekannt, daß Löwen zuvorkommender, freundlicher, zärtlicher, kurz: netter mit ihresgleichen umgehn als die meisten anderen Tiere mit ihresgleichen? – von Den Herren der Schöpfung zu schweigen.«

Weshalb lenkt er vom Thema ab? dachte sie. »Gibt's hier Höhlen, John?«

»Es gibt.«


Der Eingang zur Höhle glich einem Loch in einem Bimsstein. Als kleines Mädchen hatte sie einen Bimsstein mit einem unauffälligen Loch gekannt. Im Seifenhalter der elterlichen Badewanne war sein Platz gewesen, sie hatte oft mit ihm gespielt. Das Interessante an ihm: daß er hohl gewesen war, durchs Löchlein hatte man ein ganzes Zahnputzglas Wasser in ihn abfüllen können … Die wenigen Hutzelhäuser von Porto Ponente hatten die beiden Wanderer rechts liegen lassen, waren auf einen ureinsamen Sandstrand geraten, der zum Baden einlud.

Zuweilen klatschte ihm eine Bö ihr Haar ins Gesicht, dann lächelte er: unverkennbar, seit er die Brille abgenommen hatte. Keine Ginsterbüsche mehr, nur seltene Seegrasbüschel; aus einem rupfte er einen weißblonden Wedel. Der Sandstrand verengte sich dort, wo der schweigsame Vulkan Vulcano beinahe ins Meer abfiel. Keine Hütte, kein Mensch, kein Tier, kein Busch ringsum.

Dort entdeckte der Mann die Höhle.

Der Eingang war mit Seetang bedeckt wie mit einem Teppich. Der Mann bückte sich behende, verschwand halb kriechend – hierfür war er offenbar trainiert. Erschien wieder, reckte sich, nahm ihr einen Zoccolo weg und packte mit der Linken sacht ihr Handgelenk, während er den langen Seegraswedel einladend schwenkte. Er war der Wilde Mann, und der Wilde Mann sagte: »Alles in Ordnung. Komm, Louloubay.«

»Hier hinein?«

Der Wilde Mann nickte. »Oder hast du Angst?«

»Ich?« Sie veranstaltete ein längeres, sehr wei

ches Lachmiauen. »Weshalb sollte ich Angst haben, John? Du kennst mich nicht!«

»Nicht genügend«, flüsterte der Wilde Mann, stand im Höhleneingang, lächelte aus seinen Augenhöhlen.

Aber sie *hatte* Angst.

Er bringt mich auf eine Idee, durchfuhr sie's. Warum soll ich keine Angst vor ihm haben, kenn ich ihn denn? Und wenn das alles Schwindel ist: die Geschichte vom umgelegten Vater, von der Suche, vom grausen Fund? Der Grund seiner ›Auswanderung aus London‹, alles Lug und Trug? Einer aus der nicht endenden Serie als Gentleman getarnter Londoner Frauenkiller, der sich auf den Windinseln versteckt hält?

Die Geschichte von jenem ›Tiroler Höhlenmenschen‹ durchzuckte sie, der auf dem Patscherkofl eine einsam promenierende Engländerin in eine Höhle gezerrt, gefesselt, erwürgt hatte –

Jetzt flackerte ungläubiges Lachen in den Augen des Wilden Manns.

»Mein armes kleines Louloubay-Mädchen, bei Jupiter, du hast wirklich Angst! Phantasie ist etwas Großartiges. Aber Künstler sollten bessere Psychologen sein, du kleine Idiotin.«

Er packte sie am meterlangen Haar, fest und

sanft zugleich, wie man ein junges Kaninchen an den Ohren packt, und küßte sie mit einer gezügelten todsicheren Wildheit wie vor zwei Stunden, als er sie von Liparis Sarazenenturm herabgetragen hatte. Sie gurrte und gurgelte vor besinnungslosem Vergnügen, indes keinem so besinnungslosen, daß sie sich der Stupidität ihres jähen Verdachts nicht maßlos geschämt hätte.

»Der Mensch zündet sich in der Nacht ein Licht an, wenn er gestorben ist.«

Die sichelförmige Höhle war ein Pfühl aus Sand und Tang; auch ein gewispertes Wort wurde auf wunderliche Weise fortgetragen wie in mehrfachem Echo.

»Im Leben berührt der Mensch den Toten im Schlummer, wenn sein Augenlicht erloschen ist«, wisperte er. »Im Wachen berührt er den Schlummernden.«

»Ich weiß nicht, was du dir da ausdenkst – was du da redest.« Auch Lulubé wisperte, wiewohl sie allein waren. Auch ihr Gewisper hallte fort in einem winzigen trughaften Echo. »Aber ich weiß, daß du daran denkst. An das Schreckliche, deinen Vater, das sollst du nicht tun. Jetzt nicht.«

»Ich denk mir nichts aus. Ich rezitiere Heraklit – Den Dunklen.«

»Vergiß ihn, John.«

»Wen?«

»Nun, auch diesen dunklen Heraklit. Du bist doch bei mir.« Ihr Wispern raschelte über die schaumigen Buchtungen der zwergtunnelartig engen gebogenen, tief verdämmerten Wände dahin, raschelte zu deutlich artikuliert, um unterzugehn im flachen Klatschen der Brandung.

»Bei dir – Lou-lou-bay.«

»Ich hatte selbst ein schreckliches Erlebnis.«

»Au.«

»Als ich Fünf war. Meine Mutter …«

»Nun? Hat sie sich in der Nacht ein Licht angezündet?«

»Ich versteh dich wirklich nicht. Aber sie wurde schwer verletzt. Vor meinen Augen. Vor meinen Augen wurde ihr ein Auge ausgeschlagen.«

»Au. Von wem?«

»Von meinem betrunkenen Vater. Mit einem Trommelstock. Ich hab's niemals erzählt. Niemandem.«

»Eh-rr, Trauma. Solch ein Kindheitserlebnis kann das ganze Wesen, das ganze Leben eines Menschenkindes mitbestimmen.«

»Niemandem.«

»Vergiß es, Louloubay. Du bist doch bei mir.«

»Ja, ja!« Das winzige Echo: »Ja…a…a…«

Lange Weile war Schweigen. Dann sein rauhes Wispern mit raschelndem Nachhall: »Der Mensch zündet sich in der Nacht ein Licht an, wenn er gestorben ist, im Leben berührt er den Toten im Schlummer, wenn sein Augenlicht erloschen ist, eh-rr, im Wachen berührt er den Schlummernden.«

»Bitte, bitte, denk nicht mehr dran.«

»Ich danke dir für den Rat.«

»Und denk nicht mehr an diesen – Dunklen.«

»Ich danke dir.«

»Jetzt nicht.«

»Danke.«

## 10

Noch ein paar Meditationen des modernen Höhlenmenschen Crossman, ohne fortraschelndes Echo, denn sie blieben ungesagt:

Sie verläßt mich. Sie huscht geduckt, halb kriechend in der Sichel der Grotte, von mir. Ich erhasche einen letzten Blick von ihrer Gestalt, die umrahmt ist vom Schaumblasen treibenden Grottenstein. Wie sie sich über den Seetang-Teppich ins Freie, Helle pirscht, aufrichtet, mit beiden Armen ihren klassischen Busen abschirmt, sich vorbeugt, durch den Vorhang ihres Haars nach rechts, links über den silbrigen Sandstrand späht, eine Frau wie geschnitten aus Adams Rippe.

Nein, das ist entwertet. Es gibt Märchen, die zu einfältigen Glaubensinhalten gehören und doch eines Tags dem Gläubigsten nicht mehr einleuchten. Während die Geschichte von der Weltwerdung im Mosesbuch Genesis sich auf erstaunliche Weise mit den geologischen, geo- und astrophysikalischen Schätzungen der 20. Jahrhundertmitte post Christum natum deckt, ist die Episode aus demselben Buch, die von Adam, dem ersten Menschenmann, dem Der Herr eine Art Narkose verabreichte, um ihm aus einer seiner Rippen Das Weib herauszuoperieren, nicht mehr haltbar, nein.

Nicht mehr: zu schweigen davon, daß Das Leben mit einzelligen Wesen begann, die sich durch Spaltung fortpflanzten, nicht durch Befruchtung. Das heißt, nicht der Mann oder Vater war im Anbeginn, sondern die Urmutterqualle. Erst in späterm Entwicklungsstadium Scheidung in männliche und weibliche Zellen. Männlicher Samen: nicht mehr als ein immenser Kaulquappenschwarm, von denen eine einzige Quappe in den Tempel des Eis eingelassen wird, während die andren umkommen. Das ahnten die Ältesten ohne alle Wissenschaft und erhoben ihr Ahnen zum Glauben. Indem sie die Regen und Milch spendende ›Himmelskuh‹ anbeteten. Davon sollte nicht mehr so eisern geschwiegen werden. Während Moses seine ›Bücher‹ entwarf, Bücher, deren meiste Kapitel, soviel ich weiß, viel später, erst nach der Babylonischen Gefangenschaft aufgezeichnet wurden; während Moses der Zukunft seine Bücher diktierte, und er diktierte Jegliches, zwangsläufig ein strenger Diktator – wart mal! Moses: Abwandlung von meschu, was auf ägyptisch ›Kind‹ heißt. Ist es nicht merkwürdig, daß eine der größten Erzvaterfiguren der Menschheitsgeschichte Das Kind heißt?

Um die Zeit, als Moses seine patriarchalischen Bücher entwarf, wurde im vorgriechischen Ephesos die Große vielbusige Mutter als oberste Gottheit verehrt. Sechshundert Jährlein später errichteten die ionischen Griechen ebenda das Artemision, den Großtempel der Mutter Artemis, den wiederum etwas – dreihundert Jahre – später ein Mann in Brand steckte. Wenn Sie mich fragen: nicht aus Ruhmsucht, wie diesem Herostrat zugeschrieben wurde, sondern aus Ärger über das Primat der Frau, die Vergötterung der Mutter – Artemis: Herrin der Natur, Göttin der Geburt – hat der Bursche das Artemision niedergebrannt.

Die folgenden zweieindrittel Jahrtausende könnte man auch die herostratischen nennen, denn in ihnen hat Der Mann immer wieder die Werke, die er errichtete, selbst zerstört. In der Spanne hat sich sein Supremat und Primat als Herr der Welt inflatorisch so entwertet, daß der an Adam vorgenommene Eingriff heute als Fabel nicht mehr wirkt. Selbst wenn ich mich zurückverwandelt hätte in ihn: diese nackte Frau, umrahmt vom Schaumgebläse des Bimssteins, wäre nicht aus meiner Rippe geschnitten. Weil ich mich in sie verliebt habe, würde ich sie hier zumal eher auf eine Schülerin der Aphrodite Anadyomene taxieren; Basel hin, Basel her; auf eine Elevin der Schaumgeborenen Venus.

Plötzlich klafft der Grottenausgang leer. Sie ist fort. Wohin läuft sie eigentlich?

In tänzelndem Lauf wehte sie über den ganz einsamen Strand, stand, bis zu den Knöcheln in den Ausläufern der Brandung, still, ließ ihre Haut von der frischer gewordenen Meerbrise massieren. Das muschelartige Irisieren des Meers kündigte wieder ein ›griechisches Abendwerden‹ an. Aphrodite würde, etwas scheu noch, aus der Muschel steigen und ihre Schülerin grüßen. Die unheimliche Nähe des Horizonts, vom Schirokko heraufbeschworen, hatte sich verflüchtigt. An der Nordwestkimmung, fürs unbewaffnete Auge kaum sichtbar, erhoben sich die Schwesterninseln Alicudi und Filicudi. Von dort her segelte an einem von Spinnweben gereinigten Firmament ein vereinzeltes Zirruswölkchen, lichtgrau, mit rosa Rändern …

Lulubé beobachtete sein fernes Vorübersegeln. Für Augenblicke verlor ihr Gesicht den Ausdruck ekstatischer Ausgelassenheit. Aus ihrer Kehle sprang ein brüchiger Ton, vielleicht ein Schluchzen, sie lispelte: »Ach, Kerubin …«

Schüttelte heftig den Mantel ihres Haars, als

trachte sie ihn abzuschütteln, tollte gischtum-
spritzt in die Flut, tauchte geübt durch die Brandung, kraulte, von deren Rückstoß getragen, ins
Muschelglitzern hinaus.

Wenige Minuten später trat der Wilde Mann aus
der Höhle. Eingemeißelt in sein Gesicht (das nie
eine Sonnenbrille gekannt hatte) ein Ausdruck von
Entspannung, Beschwichtigtsein, ja von Frieden.
In seinem grauen Zeug, das ihn lose umhing und
bis zum Nabel klaffte (keinerlei Narbe am Rip-
penkorb), stand er da, ohne Schuhe, unauffällig,
vielleicht nur eine Klippe aus Vulkanstein. Dann
mußte er etwas entdeckt haben, das ihn in jähe Bewegung versetzte.

Er hob die Rechte, die einen blonden Dünen-
wedel hielt, und begann, zur See hin zu winken,
fast heftig.

»Louloubay!« rief er gewaltig.

Allein das flache Klatschen der Brandung antwortete ihm.

Er setzte in langen Sprüngen über den Sand,
watete ins Spülicht der Brandung, trichterte die
Hände um den Mund, röhrte: »Hey, Louloubay,
be careful! Because – of – the – sharks! – –«

Er sah ihren aus dem Muschelglitzern kraulen-
den Arm, etwa hundertzwanzig Meter vom Ufer
entfernt, ihr unter der Armbeuge auftauchendes,

in der Ferne unkenntliches Gesicht, hörte durchs Klatschen der Brandung etwas wie ein sich entfernendes miauendes Lachen.

»Louloubay – paß auf! – Die Haie! –«

Aber die Schwimmerin schwamm weiter hinaus, schnurstracks vom Ufer fort. Da entledigte der Wilde Mann sich blitzschnell des grauen Zeugs, sprinterte gegen die Brandung vor und durchstieß sie im Kopfsprung.

## II

Wenngleich in der Nacht nach dem Abflauen des Schirokkos die halbwilden Hunde bis zur Dämmerung kläfften, die Hähne dreister krähten, wie befreit von einem Alpdruck (während die Kater schwiegen), schlief sie traumlos tief, fast ungestört in der Kammer hinter der Dreisäulenterrasse. Sie? Sie. Einerlei, daß Angelus in der Nebenkammer schlummerte: Lulubé wußte, daß sie kein Es mehr sein würde, solange Crossman in ihrer Nähe war.

Einmal erwachte sie. Vernahm das trughafte Okarinaflöten aus Tiefen und Weiten, pausenreiche Melodie von archaischer Eintönigkeit. Es war ihr nicht mehr rätselhaft.

Der nächste Tag, der letzte Tag; der letzte Tag des Hais.

Vormittags kam Angelus von Marina Lunga herauf mit der Meldung, er habe ›Tritone II‹ gechartert‹, einen Frachtschoner, der nachmittags Panarea anlaufe, aber erst gegen Mitternacht nach Lipari zurückkehre. »Hast du etwas dagegen, wenn ich so lang wegbleibe?«

»Gar nichts, Kerubin.«

»Wirst du auch malen fahren?«

»Vielleicht.«

»Wer zuerst kommt – malt zuerst. Ohne ›h‹.« Es war kein Lacherfolg. »Wenn's dir langweilig wird, kannst du mir einen deiner berühmten Briefe schreiben und per Briefmöwe senden.« Kein Lacherfolg. »Wußtest du nicht, daß sie auf den Windinseln Briefmöwen statt Brieftauben halten?«

Turians holdes Geblödel verfing heute nicht. Seine Frau bürstete voll artistischer Konzentration ihre Simpelfransen vor einem Biedermeierspiegelchen (in dem sich vor hundert Jahren ›die Frau Liebstin des wohlmögenden Handelsmannes zu Sankt Alban, Balthasar Basilius Turian‹ beguckt hatte). »Weshalb sollt ich berühmte Briefe schreiben, Angelus?«

»Wenn du eine berühmte Malerin geworden bist, ohne ›h‹ –«

»Hör auf.«

»– werden auch deine Briefe berühmt sein. Für mich sind sie's schon.«

»Warum?«

»Die Briefe der meisten Leute, auch der berühmten, sind nicht berühmt. In deinen, abgesehn davon, daß du schreiben kannst, in deinen ist es darinnen in seiner ganzen Lebendigkeit.«

»Was, es?«

»Es, das Lulubé.« Angelus grinste zart. »Übrigens glaub ich, daß ich mich langsam verliebe – genau wie du dich.«

Sie hatte sich einen schnurgeraden Querscheitel gezogen, von einer Schläfe zur andern. Striegelte mit angefeuchteter Bürste die Ponyfransen in die Stirn, jede einzelne mit flinken Fingern modellierend; bürstete den Haarmantel so straff zurück, daß die Kopfhaut alabastrig aus dem Querscheitel schimmerte – wie die Tonsur eines Geheimordens. Plötzlich hielt sie inne: »… Daß du dich verliebst?«

»Ja. In die Langusteninsel Panarea, die du mir zugewiesen hast.«

Sie warf sich den Haarmantel über die Achsel, rollte ihn sehr geübt, mit den abgezirkelten Handbewegungen einer Tänzerin, im Nacken zusammen: »Und worein verliebe ich mich langsam?«

»Ei, in dein Eiland.«

»Ei, in mein Eiland?«

»In dein Vulcano-Eiland, Lulubé. Gestern bist du, wie du erzählt hast, drüben gewesen, kaum daß der Schirokko abgeflaut ist. Und heut wirst du wahrscheinlich wieder hinübergondeln, gell? Um dich weiter mit Mr. Crossman abzugeben.«

Den mächtigen Haarknoten mit dem spanischen Flitterkram festzustecken, ihre Hände vergaßen es.

»Wer hat dir gesagt!«, entlud sich ihr gestauter Atem in einem rauhen Piepser, »daß ich mich mit ihm abgebe?«

Turians zartes In-rosigen-Existentialistenbart-Grinsen: »Du.«

»Ich?«

»Du hast gesagt, daß du drüben in Porto Levante bei einer Donna Soundso einen angefangenen Ölhelgen untergestellt hast, zu dem Crossman eine Art Modell abgibt.«

Jetzt steckte sie den Kamm fest, ließ ein ganz kleines Lachmiauen hören: »Das leugnet niemand.« Angelus gab ihr zum Abschied zwei Schmätzlein auf die unbedeckten Ohren, sie ließ sich's mit sphinxischem Lächeln gefallen. Der winzige Nachhall dieser letzten, widerstrebend empfangenen, burschikosen Küsse knisterte auf ihrem Trommelfell, während sie fortfuhr, ›sich maximal feinzumachen‹, erfüllt, ja besessen von freudiger Unruhe. Mögen sie knistern in meinem Ohr, Kerubins letzte Küsse. Zur dreigeteilten Coiffure – gedrechselte Stirnfransen, gestrafftes Haupthaar, Nackenknoten in Dreiviertelgröße ihres Kopfs (damit kann kein ›Pferdeschwanz‹ konkurrieren!) – leistete sie sich das billigste Ohrgehänge: zwei messingene Gardinenringe. Mögen sie trommeln auf mein Trommelfell, Kerubins letzte. Über den schwarzgestreiften Jupon – meinen Petticoat, mit dem ich, wenn's sein muß, das frou-frou-Geraschel von 1889 veranstalten kann – mein Gutes Schwarzes, Spanierinnenschwarzes, das meinem Teint so gut steht; dazu ellenbogenlange weiße Nylon-Handschuhe. In die weißlackierte Strohtasche, die einem zusammengeklappten Florentinerhut gleicht, mein schwarzes Spitzentuch, meine Mantilla, für alle Fälle. Andiamo! In weißen Sandalen mit vergoldeten überschlanken Absätzen, auf denen sie nur unbeholfen übers Katzenkopfpflaster zu stöckeln vermochte, stieg sie nieder nach Marina Corta, bog sie in den stufenreichen Pfad ein, den Crossman sie gestern hinabgeschleppt hatte in seinen langen Armen.

Heute lagen auf den Seitenmauern keine toten Eidechsen; was da umherschnellte, war putzmunter. Zwischen zwei Johannisbrotbäumen ein Auslug aufs Nachmittagsmeer, es flirrte in geradezu unsinnig blauem Blau. Ihre freudige Unruhe wuchs. Sie hatte keine feste Verabredung mit John getroffen, indes wußte sie nun, wo er wohnte, sie konnte ihn jederzeit aufsuchen. Was sich erübrigen, weil sie ihn ohnedies gleich treffen würde. Eine Art telepathischen Signals würde ihn zum Stelldichein lenken, auch das wußte, wußte sie.

Sie stöckelte über die Piazza Bartolo. Wartete ihr Höhlenmann auf sie in dieser höhlenhaften Butike, auf der wortkarg VINO stand? Nicht? Dann würde er an der Mole auf sie warten, wahrscheinlich bei der zauberischen Kosmas-und-Damianskapelle.

Auf dem Kaiplatz von Marina Corta schlug ihr eine kräftige Sonnenbrise entgegen, die nicht allein geatmet, auch getrunken sein wollte. Prosit, Freude! Sie stöckelte an jenem Denkmal vorbei, das zu irgend jemands Andenken errichtet worden war. Sicher nicht zu Ehren des Unbekannten Sträflings von Lipari. Der Gedanke durchzuckte sie, sie blieb stehn, hob, an der Riesenwand des Kastells emporstaunend, die Linke unwillkürlich an die linke Brust. Wie ein Fremdkörper wölbte die sich, wie ein in Seidenpapier verpackter Gummiball. Sekundenlang überwog die Unruhe ihre Freude.

Das Schreckliche, das John ahnungslos in dem schrecklichen alten Festungsbau ausgegraben hatte! Sein keineswegs archäologischer Fund – und ein paläontologischer nur in grausig-ironischem Betracht und insofern, als nicht die Überbleibsel eines längst ausgestorbenen Lebewesens aufgedeckt worden waren, sondern die eines jüngst ausgerotteten. Ähnlich hatte er sich ausgedrückt. Aber ich habe den Finder aus seinem seltenen Horror erlöst, dachte sie etwa, richtiggehend erlöst hab ich ihn. Wieder durfte Freude Unruhe überwiegen.

Seltsam wenig Betrieb auf dem Kai. Die Häuserzeilen am Kurzen Strand aufundabspähn, die abwechselnd ocker, azurblau, zartrosa (kaum an Angelus' Leibfarbe denken), pompejirot getünchten Fassaden mit ihren gebauchten Gitterbalkonen, von denen Wäsche flatterte. Kein Crossman. Sie passierte die Pescheria, das langgestreckte Fischmarkt-Gewölbe, das sich am Fuß der Kastellmauer hinzog. Auf die Seitenfront mit Teer in ungefügen Lettern gemalt: VOTA GARIBALDI. Drinnen ein hohles Klappern von dicken Schlampen in Holzpantinen, die lange Holztische aufstellten. An der Mole lag kein einziges Fischerboot. Sie stöckelte über den kurzen Pier nach Santi Cosma e Damiano hinaus. Kein Crossman. Einerlei, irgendwo an dieser Mole muß er warten. Es ist, als spielte ich wieder mit im alten Kinderspiel des Gegenstände-Versteckens: ›Kalt – warm – wärmer – heiß!‹ Vielleicht wartet er aus Diskretion in der Kapelle. Sie holte die Mantilla hervor, verhüllte damit ihren tonsurartigen Scheitel, trat ein. (Im Reformierten Bekenntnis aufgewachsen, fühlte sie sich beim Betreten katholischer Kultstätten stets ein wenig als Einbrecherin.) Sie entdeckte weder Sankt Kosmas noch Sankt Damian noch John Crossman.

Buntes Fensterglas brach das bewegte Sonnenflirren des Meeres. Alles verschwamm in einem kaleidoskopischen Geschaukel. Sie vermochte kaum die wenigen Betbänke zu unterscheiden, die knienden Weiblein, die, mit schwarzen Tüchern vermummt, in brüchigem Chor Bittgebete herunterleierten. Ab und zu der krächzende oder winselnde Aufschrei einer Greisinnenstimme, »tonno, tonno!«, magisches Wort, dessen Sinn Lulubé erst begriff, als sie auf den hinter der Kapelle abzweigenden Seitenpier hinausstöckelte. Thun, Thun!, um Thunfisch bitten sie die heiligen Zwillinge, richtig, heute soll ja der Großthunschwarm aufgebracht werden zwischen Stromboli und Lipari. Da sah sie draußen auf der Reede den ›Eolo‹ liegen.

Der Postale, von Neapel nach Sizilien pendelnd – eine Woche! Erst eine Woche, seit dieser ziemlich stattliche, ziemlich weiße Postdampfer den Angelus und mich von Stromboli zurückbrachte. In der Woche hat sich mein Leben verändert.

Das letztemal hatte der ›Eolo‹ Personen, Postsäcke und Polizei in Marina Lunga abgesetzt. Weil der Frachtverkehr gewöhnlich von den Motovelieri besorgt wurde, schien als Ausnahmefall zu gelten, daß der Postdampfer auf der Reede von Marina Corta vor Anker gegangen war. Denn ein paar zerlumpte Knaben – nein, auf den zweiten Blick hin verhutzelte junge Männer, wohl zu mickrige Söhne und Enkel der Armut, um der Anstrengung des großen Fischzugs gewachsen zu sein, deuteten unter erregten Gestikulationen zum Schiff hinaus. Dann trabten sie barfuß zur gedeckten Bootsanlegestelle, in die der Querpier mündete, und machten sich beim Verfrachten der Ladung nützlich.

Es gab nicht viel zu verfrachten.

Im Beisein der allgegenwärtigen Polizei – diesmal eines größern Aufgebots von Carabinieri, in zwei Reihen angetreten, befehligt von einem dicklichen Maresciallo in mitternachtsblauer Galauniform mit breiten karminroten Hosenstreifen, weißer Schärpe, napoleonischem Dreispitz, weißen Glacéhandschuhen, die Linke auf dem Griff des langen Säbels – wurde an Seilen ein Frachtstück in ein Ruderboot niedergelassen. Eine lange schmale niedrige Truhe (oder dergleichen), chinesischweiß schillernd wie Zink.

Der Marschall, trotz des pompösen Aufzugs nichts mehr noch weniger als ein Carabinieri-Wachtmeister, der Marschall, umhuscht von den zerlumpten Gnomen, die Lulubé ans Bergführerchen von San Vincenzo erinnerten, der Marschall wirkte unwirklich. Wie ein Nußknackerkönig, umhuscht von ein paar Mäusen.

Die Truhe wurde längs im Ruderboot verstaut –

mit einer gewissen Behutsamkeit, die der Zuschauerin entging.

Als das Boot, von einem Stehruderer bedient, abstieß, unternahm der Marschall den ruckhaften Versuch, den Bauch einzuziehn, die Brust herauszudrücken, und legte die Rechte aufgeklappt an den Dreispitz. Seine Mannschaft stand stramm, die Vorderreihe präsentierte ihre Karabiner.

Von ihrer Freudenunrast aufgeputscht, erlitt Frau Turian einen ›Wirklichkeitsverlust‹. Ja, sie war an dem so überaus hellichten Tag mit Blindheit geschlagen.

Weshalb präsentieren die das Gewehr? Was kümmert's mich? Auf die Manier rudern sie auch unsre Rhein-Weidlinge, dachte sie, während der Stehruderer, die Riemen überkreuz, im Heck wippend, seine unansehnliche Fracht zum ›Eolo‹ hinüberlenkte. Oben an der Reling wartete neben einem untersetzten dunkel-vollbärtigen Schiffsoffizier (anscheinend der Kapitän) ein hochgewachsen-schlanker Herr in angegossen sitzendem schwarzem Anzug, schwarzem Filzhut Londoner Modells (ihr Malerauge unterschied solche Nuancen). Sie sah noch, wie er den Hut abnahm, wie seine Stirnglatze aufblinkte. Jedenfalls nicht Crossman. Wahrscheinlich irgendein hohes Tier, zu dessen Empfang der Marschall mit seinen Leuten aufmarschiert ist. Abgelenkt von einem anderen ›Aufmarsch‹, sah sie nicht mehr, wie der lange Zinkkasten mit einer Seilwinde an Deck gehißt wurde; wie der Kapitän salutierte, während der Schwarzgekleidete, den Hut vor die Brust gehoben, in Haltung erstarrte; wie vier kurze Matrosen eine Fahne entfalteten – nicht die italienische Trikolore, sondern den britischen Union Jack –; sie über den Kasten breiteten, ihn behutsam schulterten und von der Reling trugen.

Jenseits der Mole, auf dem Kieselstrand unter der Kaimauer, dort, wo gestern die Fischerboote auf dem Trocknen gelegen hatten, versammelten sich ein paar Cerneghi.

Zuerst setzten zwei in unauffälligem Sprung übers Mäuerchen, ein dritter schlich sich dazu. Die drei verharrten, die Vorderpfoten umspült, die spitzen Schnauzen witternd in die Brise gehoben, in die Brise, die ihnen etwas sehr Bemerkenswertes zuzutragen schien. Dann hockten sie sich gleichzeitig auf die Hinterbeine und starrten wie gebannt zum Pier.

Was lugen die zu mir herüber?

Crossmans drei Mondhunde, halleluja! Gleich schlendert er auf den Kai hinaus, ich hab's gewußt, frohlockte sie – als sieben, acht weitere Cerneghi sich äußerst unauffällig hinzugesellten, ein Dutzend, herüberwitterten, scheu auf den Kieseln Platz nahmen, übers wenig bewegte Molenwasser herlinsten, wie aus Bimsstein gehauen, versteinert in einer Art, ja, tragischer Faszination.

Heda, was will das Gesindel von mir?

Als sie sich umwandte, erkannte sie ihren kleinen Irrtum (während ihr die Entdeckung eines größeren versagt blieb).

Halb versteckt zwischen wenigen Kisten, anders beschaffenen als die bereits verfrachtete, gewöhnlichen Holzkisten, lagen drei andere Cerneghi, flach auf die Fliesen des Piers geduckt. Sie trugen nagelneue Halsbänder, Maulkörbe und Leinen, die an ein Tauende geknüpft waren. Zurückgeklappt, an die schmalen Köpfe geklemmt ihre merkwürdig langen, fledermausartig gespitzten Ohren: ein Zeichen der Furcht. Ihre spitzen Gesichter halbverdeckt von den Maulkörben aus neuem Nickeldraht, an denen sie ab und zu mit einer Vorderpfote kratzten wie im ohnmächtigen Versuch, sich von den ungewohnten zu befreien.

Lulubé stöckelte näher. Da blickten sechs Hundeaugen in einem Aufschlag zu ihr empor. Sie entsann sich des Frühabends im Piano Greco, als in Crossmans Gefolge drei ebensolche Hunde an ihr vorübergestrichen waren. (Der Gedanke, daß es sich um die drei selben handeln könne, kam ihr nicht.) Wie weiß ihre Felle geschimmert hatten im magischen Schein des zunehmenden Monds. Nun, im sonnenflirrenden Strandnachmittag spielten sie ins Orangene, die kurzhaarigen Felle, und schienen leicht gesträubt. Aber die sechs Augen, die flüchtig zu ihr aufblickten, verwunderten Lulubé wegen des Ausdrucks von Resignation oder Demut bis zur Ausdruckslosigkeit, auch ihrer Farbe wegen.

Der Farbe, ja, der Farbe von Tränen. (Sie hatte sich nie ausreden lassen, daß Tränen einen Hauch von Malvenfarbe trügen.)

Was sie irrigerweise für eine Empfangszeremonie gehalten hatte, schien beendet. Der Carabinieri-Marschall stolzierte mit einem sonoren »scusi« an ihr vorüber, indem er seine Goldzähne bleckte. Die Halbzwerge, gleich Ameisen im Dutzend um eine Last bemüht, hoben und schoben die Kisten zur Anlegestelle. Ein Karabinermann knüpfte salopp die Leinen los und führte die Hunde fort.

Drüben, das Rudel unter der Kaimauer geriet in verstohlene Bewegung.

Wohin führt der Carabiniere mit übergehängtem Gewehr die drei Cerneghi? Wieder gedachte Lulubé jener drei, die, wie Crossman erzählt hatte, zur Exekution geführt werden sollten (so hatte er sich ausgedrückt) und die er freigekauft. Wie-

der; und doch blieb sie allzu begriffsstutzig, um
jene mit diesen zu identifizieren. Der Karabinermann reichte einem Stehruderer die gewichtsar-
men Hunde wie drei gelbe Pakete ins Boot, sprang
selbst hinein. Das Boot glitt schaukelnd vom Steg.

Ein abgehacktes spitzes Wehgeheul erscholl.

Nicht aus dem Ruderboot: vom Kai. Mit ver-
klemmten Schwänzen hüpfte das Rudel über die
Kiesel in Richtung des Kurses, den das Boot hielt.
Einige taten gar wenige Stöße ins Molenwasser hinaus, krochen an Land, schüttelten sich, hoppelten
auf dürren Beinen weiter. Und alle witterten und
starrten asthmatisch aufheulend dem Boot nach,
aus dem kein Mucks ertönte; in dem vor dem Gon-
doliere der Carabiniere grätschbeinig wippte, in
beiden Fäusten die Hundeleinen. Der Lauf seines
Karabiners blitzte in der Sonne, die überm Monte
Sant'Angelo stand.

Werden die zu ihrer Exekution gerudert? Lulubés freudige Unruhe schlug in eine andersartige
um, in eine ihr bislang unbekannt gewesene Emp-
findung qualvollen Mitleids.

Ein vereinzeltes Fischerboot steuerte am Boot
des ›Hundefängers‹ vorbei, mit vier Fischern be-
mannt, einer hinter dem andern im Stand rudernd;
der zweitletzte konnte Bartolo sein, Crossmans
Cicerone! – Das hochwandig-plumpe Boot nä-

herte sich dem Pier. Nicht Bartolo. Die vier Ruderer standen bis zu den Hüften in Calamaretti, Zwergtintenfischen. (Als Lulubé noch ein Es gewesen, hatte sie solche zweimal fürs billige Göttermahl mit Angelus angerichtet.) Der Fischsegen, in dem die Ruderer, in ihrer Stoßkraft behindert, standen, bis zum Rumpf versunken in einem Sumpf aus Alabaster, regte sich nicht mehr. Doch als das plumpe Boot den Pier entlangglitt, blinkten, blickten, blinzelten Hunderte tintenschwarze Äuglein vorwurfsvoll zu ihr auf, und abermals verspürte sie diese neue Beklemmung.

Was stöckle ich hier so aufgetakelt umher, als hätt ich vorgehabt, auf den Champs-Elysées zu paradieren? Da, zwei Matrosen tummelten sich das Fallreep des Postdampfers nieder, nahmen dem Carabiniere die drei Cerneghi ab, tätschelten und trugen sie an Deck. Kein Hundefänger also und keine Exekution. Das hätt ich mir denken können, wo sie Halsbänder und Maulkörbe tragen. Vielleicht gar keine halbwilden Windinselköter, sondern Windspiele.

Drüben, unter der Kaimauer, lungerte kein einziger von den zurückgebliebenen mehr. Das große Hunderudel war verschwunden.

Auf der Reede von Marina Corta, im Oktober 3158 nach Beendigung des Trojanischen Kriegs

Liebe Louloubay, lieber Angelus, gestatten Sie mir ungeachtet des Umstands, daß die Briten sich ungleich schwerer als die Amerikaner dazu entschließen, neue Freunde beim Vornamen anzureden, Sie beide so zu nennen.

Es ist strahlender Nachmittag von unwahrscheinlicher Bläue. Ich aber sitze allein – und ohne einen Blick durchs Bullauge zu werfen – unter Deck, im sogenannten Rauchsalon des ›Eolo‹, des Postdampfers, der die Linie Neapel–Sizilien befährt und einzig meinetwegen auf der Reede von Marina Corta vor Anker ging –, damit beschäftigt, Ihnen ein umständliches Good Bye zu schreiben.

Daß ich damit beschäftigt bin, ist gut. Auf diese Weise leisten Sie mir noch einmal Ihre Hilfe: was Sie während meiner ›Suchaktion‹ auf und um Lipari in viel größerem Maße taten, als Sie selbst vermuten konnten!

Ich will nämlich nicht sehn, was sich draußen im kleinen Hafen, auf Pier und Reede – oder an Deck – im Augenblick tut. Wenn der Klimbim auch ein bescheidener sein mag, mir ist er peinlich. Andererseits konnte ich ihn nicht verhindern. Nicht nur deshalb nicht, weil man harmlose Traditionen respektieren soll, auch wenn sie einem selber nichts bedeuten. Leute, die einem ihr Gefühl bekunden wollen, muß man gewähren lassen, auch wenn einem selber solche Bekundungen lästig sind.

Abgelenkt durch meine Suchaktion, die schließlich, wenn man es so nennen will, zum Erfolg führte, versäumte ich, Ihnen die Spuren einer frühgriechischen Nekropole zu zeigen. In Parenthese – die Reihenfolge der Windinsel-Siedler: Cromagnide Höhlenbewohner … mit welchen mich zu verwechseln Sie mir zu Anfang unserer Bekanntschaft die Ehre gaben! Sikaner; Sikuler; Phönizier; ionische Griechen.

Nun, wiewohl auf Lipari von meinen werten Kollegen Spuren einer ionischen ›Totenstadt‹ aufgedeckt wurden und wiewohl mein Vater nicht erst seit heute zu den Abgeschiedenen gehört, brachte ich es nicht über mich, das, was man seine sterblichen Überreste nennt, hier zu lassen. In Milazzo steigen wir um, passieren die Straße von Messina, wobei wir zwischen Skylla und Charybdis hindurchdampfen werden – was wir ja übrigens fast alle fortwährend tun.

Vielleicht wird Sie, meine allzu flüchtigen Freunde – der flüchtige Teil bin allerdings wohl ich –, etwas verwundern, daß ich schreibe: Wir steigen um. Zum einen bin ich dafür, daß wir unsre geliebten Toten in uns am Leben erhalten, was nichts mit Seelenwanderung oder Re-Inkarnation zu tun hat, es handelt sich um nichts Übersinnliches. Zum andern nehme ich, um nicht als Knochensammler auf des Odysseus Zickzackkurs herumzusegeln, Lebendes von Lipari mit.

Die drei Cerneghi, in deren Begleitung ich Ihnen vor wenigen Abenden im Piano Greco begegnete; sie hatten ›liquidiert‹ werden sollen, und ich kaufte sie frei, erzählte ich Ihnen davon? Cani-luna, die Bezeichnung hat einer der visionsstärksten europäischen Schriftsteller dieser Epoche, der grandios tolldreiste, viel zu jung verstorbene Reporter-Poet Malaparte überliefert. Er teilt auch mit, daß die Äolsinsulaner von diesen Hunden munkeln, sie jagten den Tod. Ist da nicht merkwürdig, daß die drei mir gerade zufielen, als ich mich auf meiner ›Jagd‹ befand?

Indessen, wenn ich angenommen hatte, wir würden ohne weiteres lossegeln können, so sah ich mich ein bißchen getäuscht. Meinen ›Fund‹ hatte ich natürlich den hiesigen Behörden sowie telegraphisch unserer Botschaft in Rom zur Kenntnis bringen müssen. Der Bürgermeister von Lipari ließ sich daraufhin nicht nehmen, mir auf Staatskosten einen luftdicht plombierbaren Zinksarg zu stiften und zur Verschiffung desselben eine Ehrengarde

Carabinieri aufmarschieren zu lassen. Ich finde das aufmerksam und nett vom Sindaco, nichts dagegen zu sagen; nur hoffe ich, daß unter den Karabinern, die die Ehrengarde trägt, keiner sein möge, mit dem in Mussolinis Tagen Häftlinge im Kastell füsiliert wurden.

Ebensowenig hat der Erste Attaché unserer Botschaft sich's nehmen lassen, via Neapel herzureisen, um meinem Vater, der in gewissen Kreisen Londons ein ebenso unauffälliges wie beträchtliches Ansehen genossen, auf seiner so verspäteten Letzten Fahrt das Geleit zu geben.

Trotz aller Ehrenbezeigungen wurde verfügt, daß meine drei phönizischen Hunde nicht als Passagiere, sondern ›ebenfalls als Frachtgut‹ mitzureisen hätten. Was bleibt zu sagen?

Wenn ich die drei auch der scheuen Zärtlichkeit wegen, die sie mir schon bezeigen, liebgewonnen habe, ganz entre nous: lieber hätte ich ein einziges anderes Leben mitgenommen, eine – halten Sie mich getrost für verrückt – Meerfrau, die sich jüngst vor der Steilküste des Vulcano tummelte. Leider habe ich wenig Ahnung von Nymphenfischerei.

Wir begeben uns nach Kossyra. Meine cromagnonische Höhlenmenschen-Deckadresse: c.o. Mrs. Graves, Trapani (Sizilien). 2, Via Lilibeo. Der

Straßenname merkt sich leicht, erinnert er doch stark an Louloubay.

Mit den besten Wünschen für eine gute Mal- und Schwimmsaison, sehr aufrichtig Ihr
John C.

P.S. Im sizilianischen Oktober, wenn zwischen den Inseln die Großthunschwärme auftreten, ist beim Baden im offenen Meer Vorsicht vor den Pescecani, den Menschenhaien, geboten.

## 12

Rang dläng dläng dläng dlängrädäbäng – räng
dläng dlädäbädädläng.

In Basel gilt die Begrüßungsfrage ›Wie geht's?‹
weniger dem Befinden der angetroffenen Person als
den Neuigkeiten, die sie zu melden haben könnte.
Hat sie nichts zu berichten, lautet der Gegengruß:
›Ich weiß nichts andres.‹

Frau Turian kauerte unterm Bambusdach der
Dreisäulenterrasse und klöppelte mit zwei Trommelschlegeln, die sie aus einem Koffer gekramt
hatte, zum ixtenmal den Fasnachtsmarsch Arabi
auf den Deckel ihres Temperafarbenkastens. Sie
wußte nichts andres. Räng dä bäng dläng dlädäbädädläng. Nichts andres, seit Herr Aprile ihr das im
angelsächsischen Kleinformat gehaltene Biglietto
d'amore überreicht, das ein Bub mit einem Esel abgegeben gehabt. Mr. & Mrs. Angelus Turian (was
sollte das für ein Billet d'amour sein?) – sie hatte
die kleine, doch runenhaft steile und eckige Hand-
schrift sofort erkannt. Was für ein Esel? hatte sie

entgeistert gefragt. Ein Junge auf einem Esel, der Sohn des Fischers Bartolo Governale aus Marina Corta. Räng dläng dlädäbädädläng.

Sie hatte aus Apriles Schenke einen Doppelliter Capistello zu sich genommen. Bevor sie zu trommeln – und sich dazu zu betrinken – begonnen, hatte sie sich im Biedermeierspiegel betrachtet. Sie war keine Selbstbemitleiderin. Sie weinte nicht. Indes mußte sie feststellen, daß sie plötzlich, von einer Minute zur andern, gealtert war oder erkrankt. Daß von ihrer Nasenwurzel Schattenstriche hinabzogen gleich Merkmalen eines inneren Leidens oder einer Ausschweifung. Dazu das Messing-Ohrgehänge, diese Gardinenringe, Gottverdammich, seh ich nicht aus wie eine kranke Zigeunerin? – weg damit! Sie hatte die bauchige Korbflasche mit beiden Händen gepackt und lange Schlucke aus ihr gesaugt und gesaugt, und die ›schlanke Flamme‹ des zart aromatischen tintigen Weins, der auf erloschenem Vulkan gewachsen war, loderte in ihr auf, und sie trommelte, klapperte den ersten und zweiten Vers des Arabi-Marschs auf den Kasten, dessen Hohlraum – die Farben hatte sie hinausgeworfen – einen bescheidenen Resonanzboden abgab, und die Schlepptriolen des dritten Verses, den Arabischen Marsch, um nicht im Zeitraffertempo zu altern und zu kränkeln seinetwegen, der sich ›auf englisch gedrückt‹ hatte, von ihr hinweggedrückt mit Kurs auf arabisches Ufer, den Golf von Hammamet … um dem Teufelskreis der Frage zu entrinnen: Warum-hat-der-Mann-John-Crossman-so-gehandelt-war-um-ließ-er-mich-stehn-am-Pier-warum-hat-er-diesen-unverzeihlichen-Fehler-gemacht-warum –

Rang rädäbäng rädäbäng rädäbäng – räng dläng dlädäbädädläng.

Sie trommelte die weiteren Verse herunter, saugte große Schlucke aus der Korbflasche, begann wiederum den ersten Vers aufs Holz zu wirbeln: einen Fünferruf, vier Doublets, einen Siebenerstreich, einen Fünferruf, zwei Doublets, einen Bataflafla-Streich. Die Geheimwissenschaft althergebrachter baslerischer Trommelkunst nahm sie gefangen, die Gewißheit, die einzige Trommelvirtuosin auf den Inseln des Äolus zu sein … Äolus, Angelus; Angelus kann ja nichts … Der Stromboli allerdings, der kann auch trommeln …

Als sie eine Weile darauf, wieder in den flachen Zoccoli, zur Bagdadpinie hinauszockelte, das entrollte Haar mechanisch zu einem altmodisch-hausbackenen Zopf zusammenflocht, einem ›witzlosen Aschenbrödelzopf‹, fand sie sich auf eine standfestangetrunkene Weise gefaßt. Es galt, bis gegen Mitternacht durchzuhalten, dann würde der Kerubin von der Langusteninsel zurückgekehrt und sie, sie würde wieder Das Lulubé sein, sie wußte nichts andres. (Solange ›dieser Engländer‹ im sizilianischen Meer herumdampfte, war sie noch Die.) Da öffnete sich der doppelte Meerblick vor ihr, und der Schmerz – oder was immer es war, war's Schmerz? – bohrte sich von neuem in sie ein.

Vollmond bei Tag.

Eine unwirklich große, unwirklich runde Scheibe, blinkend im Bläulichweiß der Gletscher. Die Sonne war hinterm Monte Sant'Angelo versunken (aber noch würde eine Stunde hingehn, bis sie im von hier aus unsichtbaren Westmeer versank). Dieser Berg starrte in der Farbe Caputmortuum, und der Berg Rosa gegenüber blich in einem Rosa, das sie keine Sekunde lang mit Angelus' Leibfarbe verglich, und dahinter, die Bimssteinberge von Canneto schimmerten im Bläulichweiß der Gletscher, auch sie. Und dahinter das Meer nicht mehr so unsinnig blau, einen Deut gebleicht vom Gletscherlicht des Vollmonds bei Tag, gesprenkelt von rostigen Stecknadelköpfen (Segeln), und zuhinterst der Stromboli in offenbar intensiver Tätigkeit, mit seiner mächtigen eckigen Rauchfahne, die in den neapelgelben Himmel zackte – für Lulubé im Augenblick ein Menetekel upharsin: ›Gezählt, gewogen und zu leicht befunden‹ worden war ihre erste Leidenschaft. Und dann wußte sie doch etwas andres:

Von einem der Fischerboote, die mittlerweile vom Großthunfang zurück sein würden, würde sie sich nach Vulcano übersetzen lassen. Würde Donna Raffaela in Porto Levante aufsuchen, um nach ihrem Entwurf zu schauen – nein, das würde sie nicht. Sondern würde sich mutterseelenallein, aber furchtlos zur Höhle begeben, in der sie gestern, erst gestern gelagert hatte mit einem Engländer, der sich auf englisch empfahl. Sie würde sich auch dort nicht dem Selbstbemitleiden überlassen, es würde vielmehr eine Art Requiem sein auf eine Episode. Sie würde in der Höhle ablegen und unter der Steilküste bei Vollmond baden wie eine von ihrem großen Basler Kollegen Arnold Böcklin gemalte Nymphe; eine sitzengelassene; wieviel Nymphen waren seinerzeit sitzengelassen worden von Göttern, Halbgöttern, Sterblichen. Nur eine Art von heidnischem Requiem. Sie würde weit hinausschwimmen, und niemand würde sie warnen vor einem Hai. Doch kam's bei Böcklin nirgends vor, daß eine sitzengelassene Nymphe von einem Hai angefallen worden wäre.

Nach der Ausgestorbenheit des früheren Nachmittags deuchte sie das Getümmel an der Mole von Marina Corta monströs. Fuhren die Fischerbarken ganz Siziliens in den Hutzelhafen ein? Versammelte sich ganz Lipari zum Empfang der Flottillen? Lulubé trieb im Trubel dahin und fiel nicht auf. Trommelfuror und Capistellotrunk hatten die Schattenlinien unter ihren Augen gelöscht; sie trug noch ihr Gutes Schwarzes, aber nur einen ellbogenlangen Handschuh, das durchsichtige Weiß mit Rotweinspritzern gemustert. Sie schlurrte in Zoccoli dahin wie die dicken Frauen um sie (– nicht die Feistheit eines ›Wirtschaftswunders‹, sondern die Geblähtheit der Armut). Ihr lächerlich langer Zopf zottelte über die linke Schulter vor bis übern Busen hinab, und ihr Ausdruck eher unbeseelter als unseliger Apathie konnte auf eine harmlose Irre schließen lassen. Indessen beachtete sie niemand, alles Gaffen galt den großen Thunmakrelen. Sie kannte bislang nur Thun-in-Büchsen und vermochte sich zu wundern, wie sehr der ›Teint‹ des gewaltigen Fischsegens der Fleischfarbe des Büchsen-Thuns entsprach. Manche maßen wohl an zwei Meter ›Taillenweite‹ und über drei Meter Länge. Ein solcher Koloß wurde auf einer Planke vorbeigeschleppt wie auf einer Bahre und erinnerte Lulubé an, ja, an das Riesenweib, das sich seit Jahren auf Basels Herbstmesse auszustellen pflegte. Halbnackte Männer, manche stark behaart, schleppten völlig haarlose (dachte sie) Thune an geschulterten Haken auf ihrem Rücken, Thune in Mannsgröße – nein, nicht in Mannsgröße. All das, was sie an die

Tönung von Aktmodellen in Ateliers, durch deren Fenster ein Basler Föhnabend einfällt, erinnerte, alles, was da klatschend angepackt, aus den Booten geschleppt wurde, hinüber zur Pescheria, all das schlaff Zappelnde, Scheintote oder – zufolge des Geschlenkertwerdens – Scheinlebende, all das Fleisch schien ihr weiblichen Geschlechts. Ein monströser Raub der Sabinerinnen.

»Guten Abend, Signora, erkennen Sie mich nicht?«

Weil sie als aussichtslos erkannt, am Kai ein Boot zu ergattern, hatte sie sich auf den Pier hinaustreiben lassen, an der Kapelle der heiligen Zwillinge vorbei, in der sie vorhin, erst vorhin?, den Bittgebeten um Thun gelauscht. Nun hatten sie Thun. Längs der gedeckten Anlegestelle schaukelten zwei Frachtschoner im zahmen Seegang der Mole. Auf der Zugbrücke des zweiten wippte ein Untersetzter:

»Erinnern Sie sich nicht an ›Die Königin von Saba‹ und ihren Steuermann?«

Er trug Simpelfransen wie sie selbst, aber viel längere, solche, die ihm bis über die Brauen zotteten, gletscherweiße wie der unwirkliche Vollmond, dieser Übervollmond. Auf dem Hinterkopf schwebte eine sehr kleine schmuddlig-weiße Tellerkappe. In den Falten des dunkelolivenen Gesichts nistete die

Pfiffigkeit eines gemütvollen Korsaren. Er redete mit so dröhnender Stimme, als verkehre er nur mit Schwerhörigen, und frönte einem kleinen Tick, an dem sie ihn wiedererkannte: ab und zu, in unbewußter Hast, die Fingerspitzen seiner Rechten zu belecken. Der Steuermann des Motoveliere, der die neuangekommenen Turians zum erstenmal nach Vulcano übergesetzt hatte.

»Sì, sì, ich erinnere mich. Guten Abend.«

»Heute ohne den jungen Herrn Gemahl?«

»Sì, sì.«

»Ganz allein?«

»Sì, sì.« Jaja zu piepsen entsprach ihrer neuen Apathie des Nicht-anders-Wissens. Sie sah die mächtige Galionsfigur, in die der Bug des Schoners auslief, Torso und gekröntes Haupt einer schönbusigen Mohrin, überm Molenwasser schaukeln. Sie raffte sich zur Frage auf: »Fahren Sie vielleicht heute noch nach Vulcano hinüber, Herr –?«

»Coriolano Calogero, ufficiale di macchina della marina commerciale siciliana«, deklamierte er und gab seinen Fingerspitzen einen hastigen Zungenkuß. »Bedaure sehr, aber heute nacht fährt ›Die Königin von Saba‹ ohne Halt bis nach Milazzo.«

»Milazzo?« Milazzo – dort steigt dieser Engländer um.

»Ja, zur berühmten Thunkonservenfabrik von

Milazzo, von der Sie bestimmt schon gehört haben.«

»Sì, sì.«

»Bei all dem Glück kann ich froh sein, wenn ich vor Mitternacht wegkomme.«

»Glück?«

»Ecco, Sie sehn ja. Der größte Thunfischzug seit sieben Jahren. Die Damen werden an Ort und Stelle, drüben in der Pescheria auseinandergenommen –«

»Die Damen?«

Er ließ ein kehliges Kichern hören, beleckte sich dabei: »Kleiner Seemannsscherz, ich meine die pescevacce.«

»Kuhfische?«

»Ja, so nennen wir hier die großen Thune.« Er bemühte sich, seinen Sizilianerdialekt, in dem das ›o‹ ein ›u‹ war, das ›e‹ ein ›i‹, einzuschränken. »Auseinandergenommen, ja, Eingeweide und Gräten entfernt und das feine Fleisch –« Seine Zunge schnellte hurtiger als die eines Geckos hervor. »– in Fässer gefüllt, die wir nach Milazzo transportieren, in die weltberühmte Konservenfabrik, von der Sie gehört haben müssen.«

»Sì, sì.«

»Ich rechne, daß wir eine Ladung von achtzig bis hundert Fässern aufnehmen werden. Aber für

Sie, meine Werte, wär schon noch Platz an Bord, auch für Ihren Herrn Gemahl. Eine Mondscheinfahrt auf der sizilianischen See, äußerst romantisch für ein junges Ehepaar.«

»Danke«, murmelte sie; »ich wollte nur nach Vulcano.«

»Jetzt? – wird Sie niemand übersetzen. Unsere Thunfischer, die was nicht zu müde sind, werden den dicken Fischzug feiern. Per l'amuri di Diu!« krähte der Steuermann plötzlich.

Jenseits der Mole, das offene Meer hatte sich zu einem skarabäusgrünen Schillern gewandelt, auf dem die rostfarbenen Segel der letzten heimfahrenden Fischerbarken herglitten, und Lulubé vernahm von dorther das ätherische Okarinaflöten, viel näher, als sie's je erhorcht hatte, ein hektisches Pizzicato.

»Beim himmlischen Heil, die haben einen großen Pescecane erwischt!«

»Einen Hundsfisch?« So nennen sie hier die Menschenhaie, dämmerte es ihr; dieser Engländer hat im P. S. seines schrecklich korrekten Abschiedsbriefs darauf verwiesen. »Woher wissen Sie das – und woher, daß er groß ist?«

Die Pfiffigkeitsfalten des ›Maschinenmeisters der sizilianischen Handelsflotte Coriolano Calogero‹ vertieften sich. »Unsereins hört das ... Passen Sie auf, liebe Dame, jetzt wird sich gleich etwas tun. Aus allen Löchern werden sie gekrochen kommen.«

»Wer?«

»Die Armen von Lipari. Hundsfischfleisch taugt nicht für die weltberühmte Konservenfabrik von Milazzo, hähä. Aber die Armen werden sich darauf stürzen, weil es spottbillig ist.«

»So.«

»Wußten Sie, daß die Haie zu den untersten, ja, und ältesten Fischarten des Meeres gehören?«

»Nein.«

»Und dennoch mit uns näher verwandt sind als etwa die Thune?«

»Wieso?«

»Weil die Haie ihre schlimmen Kinderchen – folgen Sie mir?«

»Sì, sì.«

»–l-e-b-e-n-d gebären!« Da gab er wieder seinem Leckzwang nach, dröhnte: »Wieviel Kinderchen haben S-i-e, wenn ich fragen darf?!«


VOTA GARIBALDI. Sie stand unmittelbar außerhalb des Getümmels neben der Seitenwand der langen Fischmetzgerhalle, Wand, auf die mit Teer in ungelenken Buchstaben die kommunistische Wahlparole gemalt war. Ein vergittertes Rundfenster gewährte ihr Einlug ins niedrige Gewölbe, das einer Kolonnade maurischen Stils glich, einem Markt aus Tausend-und-einer-Nacht. Dem Eindruck widersprach die Beleuchtung. An den langen Tranchiertischen baumelten Azetylenlampen, wie die Nachtfischer sie benutzten. Durchs Gitter erspähte sie halbierte Leiber, anatomisch zerlegte, deren Querschnitt ineinandergeschriebene Kreise zeigte gleich den Jahresringen gefällter Bäume; kleinere Thune, deren Fleisch rot wie Ochsenfleisch prangte; dazu das im Gewölb widerhallende Stimmenlamento, dumpfe Knallen der Beile, Ratschen der Messer, Surren der Sägen, Klatschen der in Bottiche plumpsenden Tranchen. Sie sah fließendes Blut, schillernd im bläulich grellen Licht eines Operationssaals.

Zur Zeit, da Lulu B. Turian noch der Marotte verfallen gewesen, Tiere im Zustand ihrer ›Todesgnade‹ zu malen, hatten ihr spanische Fischmärkte als Sujets gedient. Damals war ihr nicht aufgefallen, auf welche warmblüterähnliche Weise Kaltblüter bluten konnten. Ein rosiges Rinnsal aus Salzwasser und Thunblut sickerte über die Fliesen vor der Pescheria, ohne daß sie Angelus' Leibfarbe gedacht hätte. Der beizende Duft salzigen Tods, der durchs Rundfenster schlug, hätte ihr, wäre sie nicht mit ihrer neuen Apathie gewappnet gewesen,

Übelkeit bereitet. Warum lungerte sie hier herum? Weil sie nichts andres mehr mußte, WÄHLE GARIBALDI.

Da schleppten sie den Menschenhai herein, ihrer sieben Mann. Coriolano, der Fingerlecker, hatte recht gehabt: wie ein Lauffeuer mußte sich die – von den Okarina-Signalen ans Land vermittelte – Nachricht vom Haifang verbreitet haben. Mehr und mehr zerlumpte Eselreiter, die aus den Bergen gekommen sein mochten, schaukelten durch die Menge. Die staute sich auf der Piazza, belagerte Kai und Pescheria, Kinderscharen schlängelten sich durchs Gedränge, und hier und dort tauchten Cerneghi auf: nicht mehr im Rudel, jeder für sich. Doch in dem Getümmel, das sein ganzes Sinnen, Trachten, Gaffen auf den großen Fischzug richtete und die Hunde unbeachtet ließ, schienen die etwas von ihrer Scheu verloren zu haben. Wie Schemen flitzten sie zwischen den Menschenbeinen hindurch, und es geschah nie, daß jemand über sie stolperte.

Draußen von Santi Cosma e Damiano klimperte ein flachblechern tönendes Glöckchen zum Angelus. (Angelus wird erst gegen Mitternacht von Panarea zurückkommen, ich weiß nichts andres.) Dann verhallte das Klimpern in einer langsam näherschwellenden Woge von Geschrei.

»Großer Hundsfisch! Großer Hundsfisch! Beda mader, che grosso pescecane!«

Da schleppten sie den Menschenhai herein, ihrer sieben Mann. Sie hatten ihn mit Tauen an einen langen Balken gefesselt, der wie ein Mastbaum aussah. Zwei trugen diesen vorn geschultert, zwei hinten, während drei andere den Hai an den Tauenden schleppten. In dem Gewoge von fuchtelnden Schreiern, das um ihn war, konnte Lulubé eben gerade seinen Anblick erhaschen, ehe sie ihn in die Kolonnaden der Pescheria bugsierten.

Er lebte noch.

Er mochte sechs Meter lang sein und schillerte hirschbraun, irisierend ins Malven des kommenden Abends, mit einem Glitzern von Nixengrün, vom Grün des liparischen Ostmeers, das die Sonne verlassen hat eine Stunde, bevor sie ins Westmeer sinkt. Seine unsymmetrische, aufwärtsgebogene Schwanzflosse zuckte heftig. Seine Kiementasche zitterte. Seine Nase hatte die Schnabelform eines altrömischen Rammschiffs. Der Mund tief darunter – so tief, daß er bereits zum Bauch zu gehören schien – nach oben verklemmt wie in einem breiten sardonischen Grinsen ›von einem Ohr bis zum andern‹. Aus den stachligen hornigen Bauchflossen ragte ein phallusartiger Zinken.

Zwanzigmal gefesselt, bäumte er sich plötzlich

in seinen Fesselringen, so lebendig, so ungestüm, daß die Balkenträger ins Wanken gerieten und einem der Schlepper das Tau aus der Faust sprang.

Ein halb entsetzter, halb ergötzter Massenaufschrei. In diesem Augenblick war es Lulubé überdeutlich, als grinse der Hai sie an mit seinem gefesselten Maul; als zwinkere er ihr, nur ihr, aus seinem Schlitzauge zu.

Und während sie ihn ins Gewölbe verschleppten und die sich hinterdreinwälzende Woge der Armleutegaffer ihn im Nu ihren Blicken entzog, wußte Frau Turian mit eins etwas wirklich ganz andres: Dieser Hai ist das unanzweifelbarste Männliche –

– gewesen.

»Avanti! Ran an den Haispeck! Billiges Haifleisch ohne Gräten, meine Damen und Herren!« rief ein heiserer Mezzosopran unbestimmten Geschlechts aus. »Ein Kilo für nur fünfzig Lire!«

Gewesen. VOTA GARIBALDI. Sie lugte zum letztenmal durchs Gitterfenster, erblickte nichts als ein zum Greifen nahes Geschiebe, vernahm das Ausrufen des Zwitters, spitzes Feilschen von Frauenstimmen, Kinderlachsalven. Und schickte sich zum Gehn – mit den ersten Armen, die ein oder mehrere Pfund Haifleisch geramscht hatten, es in über die Schultern gehakten kelchförmigen Tragkörben davontrugen oder in zerlumpten Beuteln, die sie an die Sattelknöpfe der Esel hängten. Schon stimmten Lulubés Zoccoli ein ins Pantoffelklappern der Abziehenden, als sie die Hand gewahrte.

Die von rosiger Nässe glitzernde Männerhand, die sich neben dem flatternden Zipfel einer meerblauen Schürze aus den Kolonnaden reckte und, bevor sie verschwand, unter Gejohl ein klumpiges Etwas herauswarf, platsch!, ihr dicht vor die Füße.

Das Etwas lebte.

Frau Turian war nicht leicht zu erschrecken. Allein für Minuten blieb ihr rätselhaft, was das sein konnte. Der Klumpen hatte nicht die gläserne Transparenz der Quallen. Eine Molluske? Ein kleinerer Kalmarenpolyp, dem die Fangarme abgeschlagen waren, Rumpf eines Polypen, von Form und Größe eines Rugbyballs? Dafür sprach seine Sepiafarbe, wie die Tintenfische sie verspritzen. Hingeklatscht lag das auf den glitschigen Fliesen zu seiten der Pescheria und zog sich rhythmisch zusammen. Wie ein Rugbyball, den man mit einer Luftpumpe hurtig voll und leer pumpt, voll und leer. Doch eine große Qualle? Aber das Wesen hatte Löcher, von kleinen fetzigen Hälsen überhöhte, aus denen es rosige Blasen stieß (die sie nicht an Angelus' Leibfarbe gemahnten). Das Wesen? Stieß? War's nicht vielmehr ein – Pulsen?

Und während Lulubé gepackt wurde von der Ahnung, *was* ihr da zu Füßen zuckte, wandelte das ›Wesen‹ seine Farbe. Ihr war, als stiegen die Blasen aus ihm auf und färbten den ganzen Himmel des Ports mit malvener Röte, während das Gletscherblinken des Übervollmonds die Venenstrünke überdeutlich ziselierte.

Ein venöses Herz.

»Guardate, guardate, il cuore del grande brigante, il cuore, il cuore del pescecane!!« Die Rangenschar quäkt's mit windigen Stentorstimmen, umtollt mich unversehens, stichelt mit zwanzig Zeigefingern nieder: »Seht, seht, das Herz, das Herz des Hais, es lebt noch, hihihihi!«

Es lebt noch. Die Ärmsten der Armen tragen das spottbillige Fleisch eines großen Räubers davon, in Körben, Taschen, in Lumpen, Zeitungspapier, die großen Blätter des Elefantenohrenbaums verpackt; aber das Herz, das unverhältnismäßig kleine, wenn man der Leibesgröße des Räubers gedenkt, das Herz ist ungenießbar und darum weggeworfen worden, platsch. Aber das Herz lebt noch und zuckt und schlägt auf dem Stein, ein Muskel, der sich selbständig machte, ein physiologisches Phänomen. Ein Mesmerisieren? Letztes Verzucken von tierischem Magnetismus? Nein, es schlägt regelmäßig, es lebt. VOTA GARIBALDI.

Einer der Rangen bläht die magren Wangen auf und gibt dem Herzen des Hais mit dem nackten Zeh einen Stupfer. Es flatscht ein paar Meter weit, schwappt auf die schmale Piste aus schmutzigem Meersand, nieder, die sich am Fuß der Kastellmauer hinzieht.

Und schlägt.

Die Bande bricht in brüllenden Jubel aus. Einer in Bastschuhen, einer der Halbzwerge, die vorhin (war das heute?) an der Verladung der ›Eolo‹-Fracht teilnahmen, versetzt dem Herzen des Hais einen gekonnten Stoß. Das kleine Herz eines großen Räubers fliegt entlang an der Riesenmauer des Kastells (in dem der Engländer seinen Vater fand), und der Jubel schwillt noch, und ich sehe die Bande in schneeig wirbelnden Sandwolken davontrampeln. Sie spielen Fußball mit dem kleinen Herzen eines großen Räubers. Im Nu haben sich zwei Mannschaften improvisiert, und zwei Torhüter spreizen sich, und ich sehe die Bande gegeneinanderrennen, sich balgen, einhalten, unter maniakischem Geschrei und Gelächter gestikulieren, worauf einer Anlauf nimmt zu einem Elfmeterstoß.

Plötzlich steckt mir ein Schrei in der Kehle. Ich würge ihn mit Mühe nieder: Laßt es in Frieden, das Herz des Hais! Laßt es in Ruhe – sterben.

## 13

Von Marina Lunga her blubberte wie allabendlich um die Stunde der alte Dieselmotor, der einen nicht minder betagten Dynamo antrieb: stolz das Elektrizitätswerk von Lipari genannt. In der Häuserzeile flammten einige unsichere Lichter auf, ein vereinzeltes Radio begann zu krächzen. Um das Denkmal, das nicht zu Ehren des Unbekannten Sträflings von Lipari errichtet worden war, kauerten Katzen, Dutzende, lugten abwartend zur Pescheria hinüber – in geheimnisvoller Ruhe und Geduld. Anders als die scheuen Inselhunde, die sich im Getümmel sicherer fühlten, schien dieses den Katzen mißzubehagen. Auch sie hatten's auf ihren Anteil am großen Fischzug abgesehn, aber ihre Stunde war noch nicht gekommen.

Lulubé war bis zur Piazza Bartolo gelangt, als sie heftigen Durst verspürte. Sie schlurrte in jene höhlenhafte Butike hinein, in der sie diesen Engländer nachmittags gesucht hatte. (Heute erst; nahm die-

ser Tag kein Ende?) Drinnen keine einzige Frau.
Fischer in durchnäßten oder durchgeschwitzten
Leibchen tranken Rotwein oder Grappa mit den
schwerfälligen Bewegungen von Schwerarbeitern
nach Feierabend. Doch zeigten sie nicht die stump-
fen Mienen abgespannter Fabrikarbeiter, sondern
die gelösten von Athleten nach einem gewonnenen
Wettkampf. Sie schwatzten lärmig, sangen Me-
lodiefetzen aus ›Cavalleria rusticana‹ wie Kanarienvögel, die mitten in einem kunstvollen Träller
plötzlich abbrechen. Als die Unbekannte ein Glas
Wasser bestellte, einen Becher Zisternenwasser,
gut gelagertes Regenwasser, schwoll die Hoch-
stimmung höher. Man nötigte ihr zum lauwarmen
Trunk einen Orangenschnaps auf: gratis. Doch
keiner wurde zudringlich, keiner war der torkeln-
den, lallenden, fluchenden Besäufnis verfallen, die
an Wochenenden in Kleinbasels Rheingasse re-
gierte. Als sie die Spelunke verließ, schwebte der
Vollmond höher und kleiner im tintigen Sepia
des Himmels, mit einem Schimmer von Goldpatina, und diese Dämmerung glich der Helle eines
trughaften Tags, und der Orangenschnaps, spürte
sie, hatte ihren mit Apathie getragenen Capistello-
rausch nicht aufflackern lassen, hatte sie vielmehr
stocknüchtern gemacht. Eine neue Nüchternheit:
sie war hellwach – wie jemand, der in einem Zu-

stand der Trance hellwach erscheint und sich sein Hypnotisiertsein nicht anmerken läßt. Sie hatte nichts mehr an sich von einer harmlosen Irren. Sie wußte genau, was sie tun mußte.

Crossman war aufgetaucht wie aus dem Nichts und hatte etwas gesucht und endlich gefunden; dann hatte sie Crossman gefunden (gestern, erst gestern), und heute hatte sie ihn tändlerisch gesucht und nicht mehr gefunden, denn er war untergetaucht wie ins Nichts; nun suchte sie etwas andres. Und wie sie in ihrer neuen Trance zum Kai zurückschritt, ohne zu bemerken, daß sie ihre Holzpantoffeln in der Butike hatte stehnlassen, auf leisen Sohlen, die das Lauwarm des Katzenkopfpflasters – so als werde es vom Mondlicht gewärmt! – fühlten, wußte sie schon, daß all ihre Zukunft davon abhinge, ob sie wiederfinden würde, was sie suchte, und wie sie's wiederfinden würde.

Die Katzen kauerten nach wie vor ums Denkmal gekuschelt. Ihre Stunde schien noch immer nicht gekommen, wiewohl das Treiben an der Mole abgenommen hatte. Aus der Häuserzeile plapperten jetzt zwei, drei Radios, überm Wasser stand im Mondlicht flirrender Dunst, in dem die Konturen der ›Königin von Saba‹ und des zweiten Frachtschoners und eines Halbdutzends anderer verschwammen, die indes auf der Reede vor Anker gegangen waren. (Falls der ›Tritone II‹ unter diesen sein sollte, der Schoner, der Angelus vorzeitig heimbrachte, würde vielleicht meine Trance zerbrechen.) – Aus der Fischmetzgerhalle, in der, das sah sie von weitem, nach wie vor bei Azetylenlicht gearbeitet wurde, rollten dicke Fässer auf Schubkarren zum Pier. Sie tappte zum Fuß der Kastellmauer, watete die Sandverwehung entlang, vornübergebeugt wie eine Beerensammlerin; der einfältige Zopf berührte ihr Knie. Dann, aufblickend, erspähte sie die beiden Cerneghi.

Sie hielten vor der Seitenwand der Pescheria, dicht unter der teergemalten Wahlparole, und wirkten bei diesem Vollmond ganz unwesentlich, kaum wahrnehmbar auf die Distanz, um so weniger, als beide vorgeduckt standen und unbeweglich.

Lautlos tappte die Frau näher, über Sand, dann über glitschige Fliesen.

Die Hunde standen mit waagrecht gesteiften Schwänzen, und ihre Schnauzen berührten einander beinahe; so schnupperten, lauerten sie auf die Fliesen nieder.

VOTA GARIBALDI, da war's wieder. Mondbeglänzt, leuchtete die ungelenke Teerschrift wie Phosphor. Im Nähertappen glitt die Barfüßige leicht aus. Da löste der eine der beiden Cerneghi sich aus seiner Starre; schlug die Zähne in eine massige Thunflosse, die er wohl abgelegt hatte; schleppte sie schnurstracks davon, mit verklemmtem Schwanz.

Der andre rührte sich kaum, allzu gebannt von dem, was da von den Fliesen sich abhob und – regte.

Hätte jemand in dem Augenblick Lulubé ins Gesicht geblickt, ihm wäre das tiefschwarze Funkeln ihrer geweiteten Augen aufgefallen, das Funkeln von mondbeschienenem Lavastein.

Mit Sand bekrustet, irisierte das Herz des Hais nicht mehr. Es lag fast ebendort, wo ihr's zuerst vor die Füße geschleudert worden war, und sah nicht anders aus als irgendein Sackfetzen, Lumpen, zerlumpter Brotbeutel, den jemand verloren hat.

Doch in ihm zuckte das rhythmisch krampfende Signal des Lebens.

Das Mondgleißen ziselierte das gesträubte, silbrig bebende Nackenhaar des Hundes. Plötzlich wagte er's. Er schnappte nach dem ihm so Unheimlichen. Nein, er vermochte das so unscheinbar Zuckende nicht zu packen. Und ebenso plötzlich, noch ehe Lulubés gestauter Atem sich in einem »Via!« entlud, winselte, heulte er auf, asthmatisch spitz, und floh. Stob über den Kaiplatz davon, seinem geflüchteten Kumpan hinterdrein.

Und das Herz des Hais zuckte.

Vielleicht schwächer, gleichsam diskreter als vorhin, aber es zuckte.

Das Herz des Hais lebte noch.

Es zuckte.

Es lebte.

Es ergab sich nicht.

Noch nicht.

Es schlug.

Es schlug weiter auf den glitschigen Fliesen neben der Pescheria, und Kinder hatten mit ihm Fußball gespielt und es liegenlassen, und Hunde hatten nach ihm geschnappt und waren verstört geflüchtet vor ihm, und da lag es und zuckte noch.

Das Herz eines großen Räubers, dessen Leib längst zersägt war, zerhackt und kiloweise verramscht.

Es schlug noch, das Herz des Hais.

Wie ein arg verstaubter Rugbyball, den man zum Kinderspaß mit einer Luftpumpe rhythmisch voll- und leerpumpt, voll und leer.

Und das Herz des Hais schlug unter dem Monde.

VOTA GARIBALDI.

Es lebte noch immer.

Als Angelus Turian gegen Mitternacht aus Panarea zurückkehrte und die Dreisäulenterrasse lichtlos fand bis auf Tupfer nun orangenen Mondlichts, das durch die Bambusritzen sickerte; als er mehr amüsiert als erstaunt Licht machte und auf dem Steinbogen zwei mit zwei Trommelschlegeln beschwerte Medianbogen dicken Aquarellpapiers erblickte, mit schwarzer Tusche vollgekritzelte in einer hastigen, zuweilen wirren, dennoch formschönen Schrift, eher wie eine üppige Folge von Miniatur-Federskizzen anzusehn als wie ein meterlanger Brief, in dem hundert Kommata fehlten; als er eingedenk der seltsamen Angewohnheit seiner Frau, bäuchlings auf dem Fußboden ausgestreckt Briefe zu schreiben, niederkniete und in dieser Position zu lesen begann ... nicht nur, daß er alsbald aus allen Wolken fiel. Die Weinbauern der Basel benachbarten Burgunderpforte pflegten, er hatte sie mehrmals dabei beobachtet, mit alten Flak-Kanonen auf Hagelwolken zu schießen.

Aber schießt man auf einen Zirrokumulus?

Als der Kniende den Brief zu Ende gelesen hatte, sank er vornüber in einem Anflug von Ohnmacht.

Mein lieberlieber armerarmer Kerubin!

Ich fürchte ich werde Dir hier nicht einen sondern zweidrei Briefe schreiben. Damit wird's dann sein Bewenden haben verzeih mir. Verzeih mir, mit der Bitte fange ich an. Es werden auch keine berühmten Briefe sein denn sie sind in Eile geschrieben. Zwar bleiben mir noch gut zwei Stunden bis zur Abreise doch ist noch allerlei zu erledigen. Erinnerst Du Dich an Die Königin von Saba, welchen pompösen Namen das Frachtboot trägt das uns zum erstenmal nach Vulcano übersetzte? Sig. Calogero sein Steuermann hat so eine Art Nervenzucken indem er seine Finger abschleckt, erinnerst Du Dich? Er haut es nach 23 Uhr zur angeblich weltberühmten Thunkonservenfabrik von Milazzo und es kommt allesalles drauf an daß ich noch mitkomme. Morgen würde ich mir's vielleicht anders überlegen. Ich muß– – –

Vor dreieinhalb Wochen gondelten wir statt nach Capri oder Ischia nach Lipari weil wir ungestört arbeiten wollten und auf der Ex-Sträflingsinsel eine größere Chance hatten keine Touristen zu treffen. Dann trafen wir doch einen. Was mich betrifft, muß ich sagen, daß ich folgenschwerer Weise gar zwei traf. Erinnerst Du Dich noch? Das werd ich mehrmals fragen müssen. Erinnerst Du Dich noch wie den Crossman-John der Name Domenico Aprile un peu irritierte? Eines Aprilsonntags im letzten Weltkrieg ging das Unterseeboot No. 222 der Royal Navy auf dem C. one of the boys war, in der Nähe der Rockal Bank zwischen Schott- und Island unter. Unter? Unter Wasser. Du sagst das ist ja der ganze Witz bei einem Uboot.

No. 222 konnte aber nicht mehr auftauchen weil die Tauchtanks und die Elektromotoren einen Defekt hatten, man hing 100 m unter dem Meeresspiegel über einer Meerestiefe von 3200 m! Man hing nicht man sank an diesem Aprilsonntag peu à peu, Stunde um Stunde. 60 Mann hockten in dem eisernen Schlauch und warteten. Es war so – sagt C. – als hocke man in ein Flugzeug geklemmt das aus 3200 m Höhe abstürzt. Unfehlbar tödlicher Absturz der sich allein im Zeitlupentempo vollzieht, in höllischer Gemächlichkeit. In solch einer Situation nütze einem der Mannesmut einen Dreck. Der einzige Feind sei dann die Maschine. Man sei einem Dauerzustand von Todesangst vor der Maschine verfallen. In solch einem Zustand gäbe es keinerlei Bedenken mit einem einzigen Handgriff 3 oder 3 Millionen umzulegen. Das sei nicht allein das Unmenschliche sondern das tiefst Unmännliche modernen Kriegs, voilà.

Nach 7 Stunden funktionierten die Tauchtanks wieder.

Mit seinen 35 hat C. sich an vielen Ecken der Welt getummelt, als Seemann später als Archäolog. Erinnerst Du Dich wie Du mir kürzlich vom Türkenkaff Hissarlik sprachst? Folgendes zur Abwechslung komisches Mißgeschick geschah ihm dort. Am Hügel auf dem einst Troja stand, liegt eben das elende Kaff dieses Namens. Er tat sich solo um und es war gegen Abend und er verspürte die Notwendigkeit sein Wasser abzuschlagen. Da war ein Häuslein etwas außerhalb der Ortschaft. Eher eine Hütte und weil sich dort niemand blicken ließ, stellte er sich unters Strohdach und lenkte den Wasserstrahl gegen die Wand. Zu seinem gelinden Entsetzen mußte er gewahren daß dieselbe nachgab ehe er soi disant den Wasserhahn abstellen konnte. Die Wand war nichts als eine dünne Schicht brauner Erde mit Ziegenmist als Mörtel ins primitivste Fachwerk gepappt. Durchs Loch das C. mit der Stillung seiner Notdurft in sie gesprengt hatte er unversehens Einblick in eine jämmerliche Küche. In der saß eine zehnköpfige Familie beim kargen Mahl und blickte ihn vorwurfsvoll an. C. leistete mit einer Piastergabe Schadenersatz und wurde draufhin sogar zu Tisch geladen … Vor 3200 Jahren stand ebendort – erklärte er mir – das stolze Ilion mit einer mächtigen Ringmauer die ringförmig angelegte Terrassen umgab, Megaronhaus und Tempel und stolze Türme aus Quadersteinen und reiche Häuser in denen von Gold und Silbergeschirr gegessen wurde. 10 Jahre lang hätten die Achäer vergeblich gegen jene Mauern angerannt, 3200 Jahre später aber genüge ein Hinbrunzen um die Mauern auf Trojas Grund zum Einsturz zu bringen. C. nennt das eine Lektion in Fortschritt und empfiehlt sie den Lenkern der Großmächte die über die stolzesten Städte der neuesten Neuzeit verfügen zum Studium. Bescheidener Ratschlag eines freiwilligen Troglodyten, modernen Höhlenmanns.

Mein lieber Kerubin, nun werde ich nicht umhinkönnen Dir mein gestriges Höhlenabenteuer zu beichten. Du gingst fort um Dich vom Kastell bei Schirokko inspirieren zu lassen. Wir zerbrachen uns einmal den Kopf darüber – weißt Du wo C. wohnte? Im Kastell. Der italienische Archäolog Bompiani der die Ausgrabungen im Castello leitet, lud C. ein bei ihm zu wohnen und zwar in der Strandvilla in der vor den Kriegen dieser sagenhafte Johann Orth logiert hatte, Onkel ›unseres‹ Erzherzogs Eugen der sich im Basler Exil so heimisch gefühlt, Kunststück, im Hotel Drei Könige! – C. zog vor sein Quartier im Castello selber aufzuschlagen. In einer Zelle in deren Wand er ein bestimmtes Geheimzeichen eines bestimmten Araberstammes eingeritzt fand, welches wenigen Weißen bekannt gewesen sein soll u. a. Somerset Maugham und C.s Vater. Daß der dort eingesperrt gewesen schien C. nun außer Zweifel, worauf er sich akkurat in der Zelle schlafen legte in der Hoffnung daß ihm's bei seiner Suche helfen könnte. Keine okkultistische Kaprice! C. glaubt einfach an den Satz Heraklits daß die Lebenden ihre Toten im Schlummer berühren. Wenn Du mein Armerlieberarmerlieber Dich über das Naturereignis unserer Trennung hinweggetröstet haben wirst denk einmal darüber nach – plötzlich begreifst Du den uralten Sinn.

Enfin. Ich verschwieg Dir gestern u. a. daß völlig unerwartet ausgerechnet im Zuge der von Bompiani betriebenen Ausgrabungen besagte Suche erfolgreich beendet wurde. Erfolgreich klingt in dem Zusammenhang schlimm. Nachmittags traf ich C. per Zufall am Sarazenenturm und fand ihn sehr verstört und auf einmal fragte er höflich an ob er mich küssen dürfe und ich sagte Ja oder Ähnliches und er tat's und es machte mir Spaß und wir segelten mit einem ihm bekannten schönen Fischer nach Vulcano hinüber und an der Steilküste hinter Porto Ponente entdeckte er eine kleine Höhle, darin lagerten wir ohne den Fischer nachdem ich den ebenso plötzlichen wie idiotischen Verdacht losgeworden war daß C. ein Londoner Frauenmörder inkognito sei.

Mein lieber Angelus, das was jeder an dieser Stelle der Beichte als selbstverständlich erwarten würde geschah nicht ganz. Wir waren einander sehr nah aber wir schliefen nicht miteinander. Was nicht meiner Tugend anzurechnen ist. So oder so bist Du zum ersten und letzten Mal von mir betrogen worden. Nota bene blöder Ausdruck dieses Passivum! – C. schätzt Löwen hoch. Er sagt sie seien viel netter zueinander als Tauben. Von Menschen zu schweigen. Er verglich sich einem Löwen den sein Instinkt verpflichtet, sich erst mal mit seiner Löwenfrau in einer Höhle häuslich einzurichten. Bevor er sich dem Trieb überläßt welcher sogenannte Folgen haben könne. Solle. Müsse. Und wenn's auch äußerst riskant sei Kinder in diese Welt zu setzen, man müsse es riskieren. Warum hatten wir nie eins, Kerubin?

Ich hatte den Eindruck C. scheue vor der Möglichkeit zurück mir in dem Augenblick ein Kind zu machen. Ich lief davon und schwamm ziemlich weit hinaus und er mir nach brüllend wie ein Wilder. Um mich vor Haifischen zu beschützen!

Jawohl, obgleich um die Zeit Menschenhaie mit den Thunschwärmen ins sizilianische Meer reisen war seine Besorgnis überflüssig. Und doch! Und doch hat mich ein Menschenhai gepackt, Angelus! Nicht gestern und nicht beim Schwimmen sondern vor einer Stunde erst. Du wirst mich für grausig überspannt halten wenn ich Dir beichte wie das zuging. Wegen C. allein hätt es mich vielleicht nicht von Deiner Seite gerissen – wäre nicht dieser Hai ins Spiel gekommen – ins Spiel das wir unser Leben nennen.

Meine so flüchtige Bekanntschaft mit C. bewirkte was sich bei Menschen und besonders solchen von 30, vielleicht kann man sich mit 20 oder
70 leichter ändern, fast nie bewirken läßt. Ich fühle
und denke anders als vordem. Heute nachmittag hatte ich vor ihn zu treffen ohne daß wir ein
Rendezvous verabredet. Trotz meines sprichwört-
lichen Mangels an Scheu hielt mich dergleichen ab
ihn im Kastell aufzusuchen. Ich gedachte ihn in
Marina Corta anzutreffen. Ich traf ihn nicht. Ich
traf ihn überhaupt nicht mehr. Heimgekehrt fand
ich einen an uns beide gerichteten ziemlich förm-
lichen Abschiedsbrief vor, da er überholt ist lege
ich ihn nicht bei. Erinnerst Du Dich der drei Cerneghi, die ihn jüngst im Piano Greco begleiteten?
Er hatte sie den Carabinieri abgekauft welche die
drei vertilgen wollten. Als ich als Blindekuh am
Hafen stand und drei Mondhunde von einem Carabiniere in ein Ruderboot verbracht wurden und
ich nicht merkte daß es die von C. seien, nahm ich
irrsinnigerweise an die drei würden zu ihrer Exter-
mination gerudert. Früher hätte mich das als Sujet
gefesselt: Mondhunde im Augenblick da sie der
Todesgnade teilhaftig werden. Ich muß Dir geste-
hen heute empfand ich etwas ganz andres. Etwa –
rabiates Erbarmen.

Aber mit Dir hab ich keines? Oh Du mein

Lieber, hat man Erbarmen mit Engeln oder Wolken? Heute begreife ich weshalb Du in der Arena von Pamplona weintest. Zu spät.

Jemandem ein Auge ausschlagen, ich hatte von kindauf geglaubt das sei mehr oder minder normal. Von dem Aberglauben bin ich ab. Auch daß es für Tiere eine Gnade ist vom Menschen getötet zu werden. Dumm Zeug! Für keine Kreatur ob Tier oder Homo Sapiens – – C. sagte nach neuester Forschung sei der nicht ca. 100000 Jahre alt sondern 10 Millionen! Wogegen der Cro-Magnon blutjung wäre! Justament ein Basler habe in einer Lignitgrube beim toskanischen Grosseto das Fossil des tertiären Vormenschen aufgefunden! Keines Menschenaffen sondern eines Hominiden! The Missing Link! Aber uns in Basel sagt man ja nichts, wir stellen unser Licht unter den Scheffel. – Für kein Wesen ist es eine Gnade für irgendwenoderwas zu sterben.

Wärst Du früher aus Panarea heimgekehrt. So haute ich's ein zweites Mal nach Marina Corta wo ich jenes Schalmeien aus nächster Nähe vernahm. Erinnerst Du Dich wie wir Aprile deswegen befragten und er sich dumm stellte? C. sagte die Sizilianer schämen sich zuzugeben, daß bei ihnen das älteste Blasinstrument im Schwung ist, älter als die Flöte welche wir erst mit dem Steinmesser schnitzen konnten. Die Muschel. Auf Muscheln blasen die Fischer um sich auf dem Meer zu verständigen. Muschelflöten begleitete den zweiten Touristen an Land. Was für einen zweiten? He nun, einen hundskommunen Menschenhai– – –

Und hier ja und jetzt muß ich zu meiner großen Schande erkennen und bekennen, ich bin außerstande Dir die Hauptsache zu erklären.

Mein lieber Angelus, ich habe unserer bei Aprile deponierten Reisekasse genau die Hälfte unserer Barschaft entnommen. Meine neue Staffelei gehört Dir. Sie ist in Porto Levante eingestellt frage nach Donna Raffaela. Das begonnene Ölbild vernichte. Wir sind nun 10 Millionen Jahre alt und ich befürchte daß meine Zeit etwas knapp wird. Deshalb ziehe ich aus den Wilden Mann zu suchen – nicht in Gestalt des Apothekers Gigon. Mach Dir meinetwegen keine Sorgen. Mit unserem kreuzbiedern Passeport plus dem Talent zur Porträtmalerei werde ich mich allerwege durchschlängeln. Ich reise probeweise C. nach. Via Trapani nach Kossyra wie seine Insel Pantelleria in der Antike hieß, heute reden sie dort einen arabischlateinischen Dialekt der mit Baseldeutsch wenig Ähnlichkeit haben wird. Wenn C. mich in seiner Höhle aufnehmen will Okay. Indessen verloren wir kein einziges Wort über seinen Zivilstand. Erinnerst Du Dich wie er von seiner Arche Noah sprach? Und wenn er mit einer englischen Schönheitskönigin verheiratet ist und Vater einer zwölfköpfigen Familie? Dann jage ich weiter dem Cromagnon nach – auch wenn Du mich für grausig überspannt hältst. Zum Glück bin ich überspannt. Wenn ich einmal die Bogensehne meiner Leidenschaftlichkeit, welcher echter Künstler wäre ohne sie? er kann sie formen oder wird von ihr geformt jedenfalls muß sie ihm eigen sein, wenn diese Sehne einmal schlaffer hängen sollte bin ich bereits gestorben.

Von Kossyra ist es ein Katzensprung nach Nordafrika und Spanien. C. sagt im algerischen Béni-Segoual soll es noch Südcromagnide geben, großgewachsene wie er und gelegentlich in Spanien und viele unter den Guanchen von Teneriffa. Und wenn der Krieg um Afrika auch weitergehen wird ich hau es dorthin wenn C. mich nicht will. Oder ich erobere mir – wenn ich auch nie mehr zum Stierkampf gehe! – einen cromagniden Stierkämpfer, was bei Ernesto Hemingway diese Lady Bett oder Brett konnte kann ich vielleicht auch. Oder ich lande bei den Guanchen. Ich suche einen Mann. Hautfarbe egal. Einen Mann der Deine Herzensgüte als Gutheitsvernunft – pardon! – im Kopf hat und dazu das Herz eines Hais. Mehr kann ich nicht sagen.

Ich küsse in Gedanken noch einmal Deinen Bart
aus Flamingoflaum.       Am besten Du vergißt

Es

# Ode an die unerschrockene Frau

Der Schriftsteller Ulrich Becher (1910–1990), geboren in Berlin, verheiratet mit einer Österreicherin, vor den Nazis nach Brasilien und New York geflohen, zur Ruhe gekommen und gestorben schließlich in Basel – er ist noch immer ein Geheimtipp. Das erkennt der staunende Erstleser schon nach wenigen Sätzen: Was für ein Temperament! Was für eine Sprachgewalt, was für ein frecher Humor in jeder Zeile! Und in diesem Buch, das Sie, liebe Leserin, lieber Leser, soeben beendet haben, bereits im ersten Satz: »In der deutschen Schweiz sind die Frauen sächlich.« Das ist gleichzeitig so wahr wie in seiner gespielt-kühlen Faktizität komisch und erfüllt als Eingangssatz die Aufgabe eines Gongs. Tataa – ein neuer Becher beginnt, wie immer Lob und Dank dem Schöffling-Verlag, der sich seit über zehn Jahren der Wiederentdeckung dieses spektakulären Autors widmet. Da Sie, Leserin, Leser, mit diesem neuen Buch bereits zum Schluss gekommen sind, erkennen Sie nun auch den zarten, verschmitzten Bogen, den der erste zum letzten Satz hin schlägt: »Am besten Du vergißt – Es«. Becher tupft diese Klammer hin, aber damit schafft er sie gleichzeitig ab, die Unsitte, Frauen als Sache zu behandeln. Vergesst ES, hört auf mit dem Das-Sagen! Auch das schwingt in der letzten Zeile mit, nicht nur das grausame Urteil, das über den soeben verlassenen Angelus Turian niedergeht (der sehr wahrscheinlich »das Lulubé« ebenso wenig vergessen wird wie wir Leser).

So ein hübscher kleiner Bogen ist kein bloßer Ästhetizismus: Das Verhältnis von Form und Inhalt ist in der Literatur entscheidend wie in allen Künsten, es ist ein unauflöslich verklammertes Paar, viel inniger als unsere Turians es je waren (sosehr sie auch dem Spruch »Gegensätze ziehen sich an« zehn Ehejahre lang alle Ehre gemacht haben mögen). Das lässt sich an dieser schmalen Liebesgeschichte besonders gut studieren. Sie ist viel stringenter gebaut als andere Texte Bechers, viel symmetrischer als sein formal ziemlich unordentliches Hauptwerk, der Roman *Murmeljagd* (1969), der gleichwohl, und gerade wegen seiner sprachlichen und inhaltlichen Ausschweifungen, sein größter, schaurig-schöner Geniestreich bleibt.

Erstmals erschien *Das Herz des Hais* in einem Erzählungsband 1958, dann als Einzelausgabe noch einmal zwei Jahre später. So sparsam und klar in der Ausführung findet man Ulrich Becher selten. Unwillkürlich will man den Text mit Begriffen aus der Kunst fassen: Ein zartes süditalienisches Aquarell? Tuschezeichnung oder Kupferstich? Jedenfalls eine präzise grafische Arbeit, kein ausuferndes Ölgemälde wie die *Murmeljagd,* auf deren Leinwand auch grelle Sprach- und Plotbrocken unabgeschliffen stehen bleiben durften.

Nun ist es ja sinnigerweise die Geschichte zweier Maler, des seltsam-schrulligen und sehr ungleichen Basler Ehepaars Turian. Und wenn man bedenkt, dass Ulrich Becher ursprünglich als bildender Künstler begann, als erster und einziger Schüler seines Lebensfreundes George Grosz, dann werden die Überschneidungen der beiden Kunstsparten noch deutlicher. Er hat sie nie so offen gezeigt wie hier. An vielen Stellen »malt« der Schriftsteller Becher, etwa, wenn er den Schirokko beschreibt, der der süditalienischen Landschaft »alles Farbenprunken« entzogen habe: »Über den Himmel schob sich spinnenwebhaftes Gewölk, durch das die Sonne bleigrau niederbrütete, das Meer schwärzlich schillern ließ wie Obsidian. Vom heiß geblähten Wind aufgerührt, trug sein Gewoge jauchefarbene Gischtkronen …« Und später dreht er den Blick geradewegs um, wenn er seiner temperamentvollen Hauptfigur Lulubé bescheinigt, als Malerin einen Blick für die Details zu haben – obwohl sie in der Szene am Hafen gerade das Wichtigste übersieht.

Ja, die Maler haben einen präzisen Blick für das Detail, und daraus hat die Doppelbegabung Ulrich Becher einiges Kapital geschlagen. Seine aus Sprache geschaffenen Bilder sind von schönster Tiefenschärfe und Ausdruckskraft. Das Fußballspiel der Kinder am Kai von Lipari, die das immer noch pumpende Haiherz voller Grusel und Geschrei hin- und herschießen, wird man so schnell nicht vergessen, auch wenn Becher hier möglicherweise ein bisschen zu viel Aufwand getrieben hat. Ein paar Wiederholungen weniger – »es lebt noch«, »aber das Herz lebt noch und zuckt und schlägt auf dem Stein«, »und schlägt« – es wäre ebenso gruselig gewesen.

Aber nein, »das ist entwertet«, wie es an anderer Stelle heißt. Denn wie sehr besticht doch die schlanke Bogenform dieses Kurzromans, dieser Langerzählung! Der Aufbau folgt der klassischen, bedächtigen mündlichen Erzählweise, wie man sie vielleicht in einer Basler Weinstube hören würde: Erst stellt man die handelnden Personen vor – das Ehepaar Turian und seine Whereabouts –, dann beginnt man sich langsam dem Problem und Faszinosum zuzuwenden, nämlich seiner tiefgreifenden Gegensätzlichkeit. Angelus Turian, genannt »Kerubin«, ist ein femininer Mann in einer Zeit, als es diesen Ausdruck noch lange nicht gab, er ist sanft, treu, liebevoll, ohne dass Becher, der sich selbst als »keinen hundertprozentigen Monogamsbock« bezeichnete, ihn je satirisch verspottet. Der engelhafte Angelus mit seinem flaumigen Flamingobärtchen ist womöglich bisher der einzig denkbare Begleiter der dominanten und begabten Lulubé. Verzeihung, vorerst noch DES Lulubé. Der einzige denkbare Begleiter des Lulubé mit dem »großen Schnauf«.

Dieser Name verdient ein kurzes Scharfstellen. Eigentlich heißt es, das Maid, ja Luise, Spitzname Lulu, Mädchenname Brugger, der nach Eheschließung mit Herrn Turian als »B.« und Mittelinitial beibehalten wird. Aus der hausbackenen Luise Brugger wird »Lulu B. Turian« und damit s'Lulubé. Wer es für extravagant hält, eine Protagonistin so zu nennen und die Entstehung des Rufnamens noch so genau zu erklären, dem sei von den Gepflogenheiten der Namensgebung in Bechers Familie berichtet. Die Eltern Becher haben ähnliches getan, sie haben überdies quasi auf einen Vornamen verzichtet: Als die Schweizer Pianistin Elise Ulrich den Berliner Rechtsanwalt Richard Becher, ihren Klavierschüler, ehelichte, nannten sie ihren erstgeborenen Sohn – eben: als wäre das Kind eine Firma. Erst der zweite Sohn erhielt einen eigenen Vornamen, er hieß schlicht Rolf Becher, und wir wissen nicht, ob er, ohne Ulrich, seiner Mutter weniger wichtig war.

Der Erstgeborene Ulrich Becher wiederum heiratete später seine Kommilitonin Dana von der juridischen Fakultät, Tochter jenes berühmten österreichischen Satirikers und Schriftstellers, der als Alexander Rosenfeld zur Welt gekommen war und die ersten literarischen Versuche gemeinsam mit seiner Schwester Mi unter dem Doppelnamen Roda Roda unternahm. Das einzige Kind von Ulrich und Dana wiederum, geboren 1944 im New Yorker Exil, Enkel zweier jüdischer Großväter und christlicher Großmütter, erhielt wie sein Onkel Rolf einen Vornamen, aber selbstredend beide Nachnamen: Es ist der Schweizer Schriftsteller Martin Roda Becher, zu dessen Kindheitserinnerungen gehört, dass »Roda mein eigentlicher Name (war) – Becher bloß Anhängsel«.

All das – und hiermit kommen wir zurück zu *Das Herz des Hais* – zeigt, dass die Emanzipation der Frauen in dieser Familie der damaligen gesellschaftlichen Entwicklung weit vorauseilte. Hier, bei den Bechers und Rodas, behielten sie ihre Namen, sie verschwanden nicht einfach wie ein ES in ihren Ehen, auch in ihren Kindern blieb der Muttername vorhanden. Nur Roda Rodas Schwester Mi wählte sich den falschen Mann: Martin Roda Becher zufolge erhielt sie von ihrem Ehemann Schreibverbot, während ihr Bruder unter dem Doppelnamen berühmt wurde – als würde er sie immer noch dabeihaben oder zumindest durch das verdoppelte Roda weiterhin grüßen und preisen.

*Das Herz des Hais* ist zweifellos ein Loblied auf die starke, selbstbewusste und -bestimmte Frau, die furchtlos in Männerdomänen (Trommeln, Malen) vordringt. Als Vorbild für Lulubé diente Becher die Bildhauerin Valery Heussler (1920–2007), die tatsächlich eine der ersten Frauen war, die das traditionelle Trommeln erlernte. Davor waren die Frauen von den Fasnachts-Cliquen ausgeschlossen, und wenn sie geduldet wurden, dann höchstens als Piccolospielerinnen. Becher vertiefte sich in die Fasnachtsmaterie und schilderte sie detailversessen, etwa, dass auf dem »Böcklein« geübt oder die Trommel »Kübel« genannt wird.

Die echte Valery Heussler, »s'Wally«, war mit einem Kunstmaler namens Alex Maier verheiratet; inwiefern dieser als Vorbild für den liebenswürdigen Softie Turian herhalten musste, könnte nur der langersehnte Ulrich-Becher-Biograf mitteilen, der bislang leider nicht auf der Bildfläche erschienen ist. Was wir immerhin wissen, ist, dass die Basler Clique »D'Edelzwigger« zur Fasnacht 1961 die Handlung des Romans zu ihrem Sujet gemacht hat, der »Cliquen-Zeedel« ist überliefert. Ziel des Spotts sind in einer wilden Mischung die realen Vorbilder, Valery Heussler, Alex Maier und der Autor Becher selbst (»dr Ueli het e Biechli gschribe«), sowie die fiktive Romanhandlung. Eine Kostprobe daraus:

> Das Zwätschgemännli, är molt au
> Kunnt so doch no zenere Frau
> Dr Alex isch e liebe Ma
> Doch si hätt lieber e wildere gha.
> Do rymt sich Härz uff Schmärz
> Und Fraid uff Laid,
> und waich uff Saich.

> Das Zwetschkenmännlein, er malt auch,
> kommt so doch noch zu 'ner Frau
> Der Alex ist ein lieber Mann
> Doch sie hätt lieber einen wilderen gehabt.
> Da reimt sich Herz auf Schmerz
> Und Freud auf Leid
> Und weich auf Seich (=Unsinn)

Auch im Gedicht reist das Paar nach Süditalien, und zwar, weil der »dr Alex« zu »syner Alten« sagt: »Mir göhn uff Lipari go wohne / dert-ka-n-ych myni Närve schone.« Der Wilde Mann und die Höhle kommen ebenfalls vor (auf Baseldeutsch »Heeli«, und dort spürt s'Wally dann die »grossi Weeli«) sowie ein mit einem fünfzig Kilo schweren Stein »tranchierter Hai«. Der Schluss ist beziehungsvoll, als sich s'Wally den »Wilden Mann« nach der Liebesnacht in der Höhle näher anschaut und er plötzlich zu Ulrich Becher wird, den sie zu ihrer Basler Ausstellung einlädt. Was da wohl biografisch dahintersteckt? Die fehlenden Prozentpunkte auf die hundert des »Monogamsbock«?

Damals, kurz nach dem Erscheinen, hatte *Das Herz des Hais* also zumindest in Basel einen gewissen Bekanntheitsgrad und Einfluss. Warum Ulrich Becher, mit all seiner ausgelassenen, unverwechselbaren Sprachgewalt, den präzise abgelauschten Dialogen und originellen Metaphern, nie so richtig zum großen Erfolg gelangte, haben wir bereits an anderer Stelle[1] zu analysieren versucht. Schade ist

---

1 siehe Ulrich Becher: *Murmeljagd,* mit einem Essay von Eva Menasse, Schöffling & Co., Frankfurt am Main 2020, als Diogenes Taschenbuch erschienen 2022

es jedenfalls, und hier bleibt ein Teufelskerl von Autor zu entdecken.

Ein Autor, der sich ganz offenbar bei vielen Büchern eine Aufgabe gestellt hat: Buch für Buch spielt er die verschiedenen Genres durch. Wenn man die *Murmeljagd* als den großen Epochen-Umbruchsroman bezeichnen darf, dann wäre der spätere Roman *Williams Ex-Casino* Bechers Kommentar zum Krimi. Und *Das Herz des Hais* eben die Liebesgeschichte, aber mit dem gewissen Becher'schen Touch: Denn strenggenommen ist hier wenig so, wie man es von einer herkömmlichen Liebesgeschichte erwartet. Es gibt kein vordergründiges Drama oder Missverständnis zwischen den Liebenden, keinen Schuldigen, der sie an der Erfüllung hindert, und statt einer Romeo-und-Julia-artigen Tragödie gibt es sogar ein angedeutetes Happy-End.

Die erwähnten klassischen Bausteine sind jedoch ebenfalls vorhanden, aber woanders, in den Hintergrund verlegt. In einem veritablen Blutbad etwa ist der unschuldige Hai geschlachtet worden, das wilde, vermeintlich unbesiegbare Tier, ebenjener Hai, vor dem John Crossman die im Meer schwimmende Lulubé erst Tags zuvor gerettet hat. Ob dieses Hai-Opfer und das ganze Gemetzel bis hin zur Schändung seines »überraschend kleinen

Herzens« eine tiefergehende Bedeutung, etwa für den möglichen Fortgang der Liebesgeschichte zwischen Lulubé und Crossman hat, wagen wir nicht zu entscheiden. Auch hier ist übrigens der Name anspielungsreich – »Crossman« ist sozusagen der Mann an der Lebenskreuzung, der in die geruhsame Turian-Ehe reingrätscht.

Aber ein weiteres Becher'sches Thema ist mit dem riesigen Hai angespielt: Ulrich Becher war ein großer Tierfreund und -beobachter, was die ungewöhnlich lebendigen, detailreichen Tierbeschreibungen in vielen seiner Romane beweisen. Hier sind es die »Mondhunde«, die »Cerneghi«, die er liebevoll an den Rand der Szenerie pinselt; in der *Murmeljagd* zehn Jahre später wird er aus einer Cockerspaniel-Meute und einem zottigen Bernhardiner geradezu eine Nebenhandlungs-Hundeoper schaffen.

Und weil er die Tiere liebte, konnte er Tierleid nicht ertragen; seinem Sohn Martin zufolge mochte er kaum Fleisch essen. Das kalte Grausen über die jubelnden Menschen in der Stierkampfarena, das er seinen Protagonisten Angelus Turian empfinden lässt, ist ganz gewiss sein eigenes. Damit haben wir einen weiteren Hinweis, dass die Sympathie des Autors hier durchaus auch dem schwachen Mann, dem Engelchen namens Kerubin

gehört. Das wahre Drama dieses Romans aber, gewissermaßen der historische Fluchtpunkt, ist das absolute Böse, um das zehn Jahre später Bechers Hauptwerk *Murmeljagd* zur Gänze kreisen wird, nämlich die millionenfachen Verbrechen der Nazis und Faschisten. Dieses Böse ist auch hier deutlich anwesend, hintergründig zwar, aber folgenreich: Denn die sinnlichen Reize der Lulubé mit ihrem Spanierinnen-Haarknoten und ihrem neuen malvenfarbenen Kattunkleid bemerkt der Engländer Crossman ja just in dem Moment, in dem er selbst sozusagen von Sinnen ist – unmittelbar nachdem er im Hof des Kastells die Gebeine seines von den Faschisten ermordeten Vaters entdeckt hat. Im Plauderton der Groteske teilt er es Lulubé mit: »Gut und schön, gestern sei man bei solchen Grabungen in seiner Gegenwart von ungefähr auf ein kleines Massengrab gestoßen. Auf ein ›relativ junges‹ …«
Ein *kleines* Massengrab, ein relativ *junges,* in diesen Adjektiven, die einem quer im Hals stehen, versteckt Ulrich Becher den ganzen Abgrund. Diese Liebesgeschichte ist nicht l'art pour l'art, auch sie wurzelt im grimmigen Nachkriegsstaunen, das Becher niemals losließ. Mochten die anderen beim Wiederaufbauen ebenso fleißig verdrängen, Becher blickte zeitlebens zurück und hielt damit die Opfer in Ehren, denen er überall in seinen Romanen Orte

zuwies. Es sind Orte wie Ehrenmale, Gedenkstätten, selbst wenn sie so klein sind wie hier. Dass sich Crossman und Lulubé aber, in vollem Bewusstsein der zurückliegenden Verbrechen, den Möglichkeiten der Liebe und damit der Zukunft zuwenden, das hat Ulrich Becher ihnen keineswegs übelgenommen. Im Gegenteil, auch das ist ein wiederkehrendes Motiv seiner Literatur: Wir gehen weiter, aber wir vergessen nicht.

Ulrich Becher
*Murmeljagd*

Roman · Diogenes

Roman
Mit einem Essay von Eva Menasse
720 Seiten

Der Journalist Albert Trebla flieht im Frühjahr
1938 mit seiner Frau aus dem von den Nazis be-
setzten Österreich ins Engadin. Aber für den
Verfolgten gibt es in der vermeintlich freien
Schweizer Bergwelt keine Zuflucht. Eine Serie
rätselhafter Todesfälle steigert sein Gefühl der
Bedrohung. Wie ein Murmeltier versucht er, in
Deckung zu gehen, doch wo er auch hinkommt,
wird er in die aberwitzigsten Geschichten ver-
strickt.

Roman
384 Seiten

Die Slowenin Zora lernt ihren Ehemann, den
Arzt Pietro Del Buono, am Ende des Ersten
Weltkriegs kennen. Sie folgt ihm nach Bari in
Süditalien, wo sie in einer eleganten Villa ein
großbürgerliches Leben führen und sich zugleich
als überzeugte Kommunisten im Widerstand gegen den Faschismus Mussolinis engagieren. Zora –
herrisch, klug und temperamentvoll – will mehr
sein, als sie es in ihrer Zeit kann, und drückt ihrer
Familie über Generationen ihren Stempel auf.